[ヴィジュアル版]
中国神話物語百科

[目次]

序　章 ———————————————— 007

第1章　宇宙論——道 ———————— 013

第2章　創造の神話 ————————— 039

第3章　神話の生き物 ———————— 057

第4章　神と仙人 —————————— 115

第5章　神話の英雄たち ——————— 159

第6章　怪物と鬼 —————————— 203

第7章　伝説 ———————————— 229

第8章　地上の宝と鍛冶 ——————— 257

参考文献——288
図版クレジット——289
索引——290

序章

> モダンな現代中国の都市を歩けばどこでも、今も多くの神話の痕跡に出会える。銀行やオフィスの外を石造りの獅子が守り、出入り口には魔除けが貼られ、どんなに小さな店や屋台にも神棚が置いてあるからだ。

わたしは、長寿や富や幸運の神々の像を、大切そうにていねいに磨きあげていた祖母のようすをよく覚えている。邪（と悪臭）を払って大事な家族を守るために、火のついたお香を差したりんごが故郷の裏通りのあちこちに置かれていた情景を、鮮やかに思い浮かべることもできる。中国人と神話の結びつきは常に進行形で、世代が変わるたびに新たな展開を見せる。現在も、国としての威信が高まり、歴史が見直されるのに合わせて、神話への関心が再燃しつつある。実際、同国の大きさと国民の多様性を鑑みれば、中国の神話とは、人智を越える存在と交信していた太古の昔の物語やさまざまな民族に伝わる民間伝承と、道教やのちの仏教の影響とが絡み合いながら、常に進化を続けている概念だと言えるだろう。

●──多様な影響

国や文化によっては、このような幅広い思想を同時

❖**左ページ**──地獄の審判の助手。明王朝時代の小立像。中国の神話は英雄から不思議な生き物、冥界の神々にいたるまで、さまざまな登場人物であふれかえっている。

に受け入れることはできないのかもしれないが、特有の歴史を抱える中国では、心を躍らせる多彩な物語が、矛盾や相容れない物の見方を抱えたまま、珍しいパッチワークのように継ぎ接ぎの形で共存している。本書では、中国の膨大な遺産のなかから、よく知られている、人々に愛されている、文化的に重要である、あるいはたんにおもしろい神話の英雄、神々、伝説、物語を集め、読みやすい順序に並べた。むろん、地域によってそれぞれ異なる物語、呼び名、由来があるため、神話についての知識がある読者なら、自分の知っている話とは違うと感じることもあるかもしれない――だが、それもみな、なにもかもが混ざり合った雑多な中国神話ならではのことである。本書では、最も資料がそろっているバージョン

❖**右**——究極の神話の生き物である龍。明王朝の帝の円形装飾模様。

❖ 上——香が焚かれる四川省の三義廟。中国神話は実在した偉人がもとになっていることもある。諸葛孔明をはじめとする三国時代（220–280）の戦士や指導者は現在も中国で崇められている。

と、北は長春から南は広州まで、わたし自身が中国で暮らしていたときに学んだ話に沿うよう努めた。

● ── 出典について

　本書は中国神話についてわたしが執筆した2作目の本である。前作ではおもに神々の話と、それが現代中国文化でどのように捉えられているかに焦点を当てたが、今回は人間、怪物、霊の話を深く探っていこうと思う。中国の伝説の怪物や幻の魔物の詳細については、以下に挙げるさまざまな古典を参考にした。

　『聊斎志異』──蒲松齢が収集した話で初版は18世紀──は、民族人類学の初期の作品集である。この学者は賑わう街道脇に文机を置いて座り、火をおこして、通りがかりの人にお茶と休息を提供する代わりに、鬼や霊の話を提供してもらったという。

『山海経(せんがいきょう)』——ひとりの著者によるものか多数が記したものかは不明だが、記録として収集されたもの——は、戦国時代と漢王朝のあいだの時期に集められたと考えられている。各地方の風変わりなものごとが記録され、多くの動物、植物、民族が分析、解明されているが、現代人から見ればありふれたものもある。この書物は中国に残っている最古の神話だと考えられている。

『淮南子(えなんじ)』——紀元前2世紀に貴族の劉安(りゅうあん)の命で編纂されたもの——は、宇宙論、形而上学、社会秩序を含むテーマを考察する著作集で、大昔の中国の価値観や信仰の概念が詳しくつづられている。

❖ 共通のテーマ

こうした物語や神話には世界共通のテーマがたくさんあるが、逆に、ここにないと驚く例もあるかもしれない。たとえば、主要な中国神話のいずれにも西洋の神々の没落(ラグナロク)や世界の終わりの決戦(ハルマゲドン)に匹敵する概念は登場せず、むしろ森羅万象や日常生活に重きが置かれている。また、中国には多数の神、英雄、怪物がいて、海、川、洪水、干ばつに関わっている。中国における「水」は制御のきかない大きな要素のひとつで、漁師から農民、将軍から摂政まで、すべての人の生活が水を中心に営まれていたからだ。一方、中国ほどの大きさの国が数千年にわたって分裂や統一を繰り返すとなると、国の安定を維持するにあたって国政術、記録、階層が欠かせない。そのため、神話にも明らかに官僚的なテーマが含まれている。

神話には人々の願望や恐怖が反映されている。英雄

は社会の理想像、怪物は恐怖心の表れだ。神々や宝には、人々が手に入れたいと望むものが映し出されている。本書が中国神話の概念やパターンの解説になるだけでなく、その裏にある思想を知り、ひいては文化の理解を深めることにつながれば幸いである。

第1章

宇宙論——道

> 中国の神話には、世界を創造した至高の存在や神は登場しない。代わりに、無のなかから「道」(Dao)という力が現れた。それが自然、宇宙、万物の源である。すべては道から生まれ、やがて道へと還る。

　道は空を満たし、海を流れて、万物を通っている。この力は無限であり、永遠不滅だ。道の力があるからこそ太陽、月、星々が動き、輝く。獣が走り、鳥が飛ぶのもそれゆえだ。山が高く、湖が深い理由も道である。道にまさるものはなく、道がないものもない。永遠の命を持つ神仙でさえ道の支配を受ける。道の本質をつかむことができる者が人類の指導者になる。不誠実あるいは無能な支配者が道に逆らうと、自然界のバランスが崩れて、自然が不快感を示す。

● ——陰陽

　道にはふたつの流れ——陰と陽——がある。陰と陽

❖左ページ——この絵巻物に描かれているのは、道教の神としての古代の哲学者、老子である。老子は道教信仰の土台となった『道徳経』の作者としてよく知られている。

は同時に存在し、すべての生き物のなかにある。冷たく、暗く、湿ったものはすべて陰の表れで、温かく、明るく、乾いたものはみな陽だ。このふたつの力は世界が誕生したときにそれぞれのエネルギーに分かれた。軽くて薄いものはみな上昇して空になり、重くて厚いものはみな固まって大地となった。

　陰と陽は絶え間なく流れ、互いに優位に立とうとし

❖右──八卦盤を手にする英雄、伏羲。中央の模様は陰と陽の力が絶えず流動的なバランスを保っていることを示している。

ている。けれども、いずれかひとつだけでは存在できないため、たとえ一方が勢いづいてもう一方が衰えたとしてもそれは一時的な状態にすぎず、すぐに逆方向に傾いて、やがて両者が釣り合うようになると考えられている。四季が生まれたのは、そうした陰陽の相互作用があったからだ。雷鳴、稲妻、霧といった気象現象の出現はみな、陰陽が衝突してバランスが崩れるために生じる。

　空を飛ぶ鳥には陽が多く流れ、深海を泳ぐ魚には陰が多いが、鳥にも陰、魚にも陽の要素はいくらかある。そうして、すべての生命は道を通して互いに、また自然界と、つながっているのだ。体内で陰陽のバランスを取ることができる人類は、世界の陰陽のバランスを保ち、道がきちんと流れるようにする役目を担っている。

●──世界の誕生

　宇宙の誕生にまつわる神話の資料は多くが時代とともに失われてしまった。残された資料では、天と地がかつてひとつのものだったとする考え方が一般的だ。いくつかの物語では、天地は太古の存在、盤古が空を押して大地から離したために分かれたと言われている。ほかに、蚩尤──伝説の支配者黄

❖下──花びらの形をした鏡の背面。天と地が異なる領域として描かれ、あいだに2羽の鳳凰がいる。

帝に謀反を起こして戦いを挑んだ猛者——に導かれて堕落した人間たちが嘘をつき、他者を騙し、盗みを働くようになったため、天帝の顓頊が神々を送って空と大地を切り離し、神々は天に、人間は地にとどまるようになったとする説もある。

❖ 空

　天体——太陽、月、星——はみな神々が作ったものか、そうでなければ神々から生まれたものだ。トン族、ナシ族、チワン族といった少数民族の神話では、空は無数の星で埋め尽くされていただけでなく、複数の太陽と月があったと伝えられており、いかにその豊かな天体が間引かれて現在の姿になったかを語る伝説が数多く存在する。

❖ 太陽

　漢族の神話では、太陽と月は天帝の帝俊とふたりの妻とのあいだにできた子どもたちである。10の太陽の母は、東南海の向こうの甘水という川の流域にあった王国からやってきた羲和［ぎわとも呼ばれる］だ。太陽たちは湯谷に生えている扶桑の大木に住んでいた。高さが160キロメートルで幹も同じくらい太いその木のてっぺんの枝は、空に届くほどだった。木はきわめて大きく、神仙たちの宮殿全体が載るほどで、9000年ごとに永遠の命を授ける実をつけた。

　神話によれば、10の太陽は扶桑の枝で暮らし、働いていた。いつもは低い枝の上にいるが、毎日交代でひとりが木のてっぺんまで上る。太陽が仕事を終えて戻ってくるたびに、羲和が水浴びをさせて、体につい

た赤い埃を落とし、明るい輝きを保ってやった。

　物語によっては、羲和みずからが6頭の龍に引かせる二輪戦車で太陽を空まで運ぶこともあれば、カラスが太陽を運んで往復することもある。そうしたカラスは地上に生えている地日草や春生草を好んで食べた。天と地が分かれたのち、自分の子どもたちが地上を訪れることをよく思わなかった羲和は、太陽がカラスと一緒に下りていけないよう、カラスを盲目にした。だが、羲和が厳しく制限したことで、かえって子どもたちに反抗心が芽生えた。それが悲劇につながる。

　ある日、10の太陽はみなで扶桑の木の上まで行ったらさぞかし楽しいだろうと、一度に全員を運ぶよう

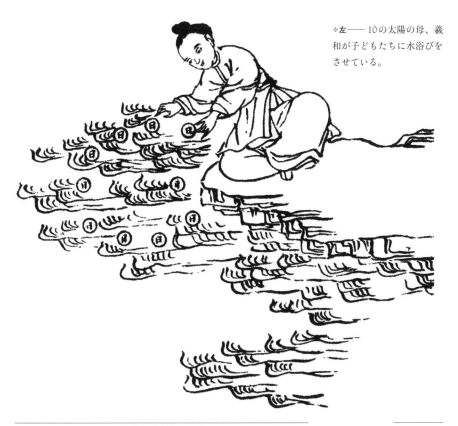

❖左──10の太陽の母、羲和が子どもたちに水浴びをさせている。

❖上——帝俊から授かった天上の弓矢で狙いを定める后羿。

カラスに頼んだ。カラスは言われたとおりに彼らを運び、10の太陽すべてが一度に大地を照らした。強烈な日差しは大地を焦がし、海や川を干上がらせ、作物を枯らし、人々の家を燃やした。

自分たちの輝きに見とれた太陽たちは地上の混乱など気にも留めず、両親の嘆願にも耳を貸さずに、下方の枝に戻ることを拒んだ。父親の帝俊はやむなく、どんな手段を使ってでも太陽を下ろすよう、英雄、后羿（こうげい）に命じる。后羿はまず太陽を言葉で説得しようとし、それから弓矢で脅してみたが、効果がない。結局彼は、ひとつの太陽だけを扶桑のてっぺんに残して、9つの太陽を射落とした。兄弟を失った太陽はたいそう落ち込んで、出てくることを拒んだ。雄鶏が明け方に鳴くのは、太陽にやるべき仕事を思い出させて、空へ上るよう促すためである。

❖月

帝俊はふたり目の妻、常羲（じょうぎ）を娶（めと）り、常羲は12人の娘、すなわち月を産んだ。羲和の息子たちと同じよう

に、娘もひとりずつ天に上り、戻ってきて母に水浴びをさせてもらった。毎日交代した太陽とは異なり、娘は続けて何度も天に上り、ひと月に1度交代した。それが月の満ち欠けに基づく暦、太陰暦になったという。現存する神話には月が上る方法や娘たちが最後にどうなったのかは詳しく記されていないが、強いて言うなら、その後の神話には月はひとつしか登場せず、それが月の女神、嫦娥の住処となっている。

❖ 星

火の神、顓頊の子孫である噎は、玉帝から太陽、月、星の管理者に任ぜられた。持ち場は太陽と月が沈む日月山である。噎の仕事は、星座と天体にきちんとそれ

❖ 左──月を見つめる女神、嫦娥の地上の姿。明王朝の絵画。

ぞれの道を通らせ、ぶつからないように進ませることだった。ひときわ明るい星々は何世紀にもわたって繰り返し神話になっている。たとえば、漢族の神話では、空に畢星、すなわちおうし座の8つの星が現れると、雨が降ると言われている。おおぐま座にあるひしゃく型の北斗七星は、人間を見守る守護の女神、斗母や、長寿の神、寿星など、さまざまにたとえられている。

今なお残る星座の神話に、夜空にひときわ明るく輝く星、閼伯と実沈の物語がある。この兄弟は、五帝――人類の古代の支配者たち――のひとりである帝嚳の息子だった。閼伯と実沈は仲が悪く、いつも争っていたため、帝嚳はふたりを夜空の正反対の場所へ追いやった。実沈は、現在オリオン座と呼ばれている星座の隅にある星として東の空に上り、対する閼伯は現在のさそり座の一部として西の空に現れるが、実沈が地平線に沈んでからしか姿を現さない。そのため、兄弟はけっして顔を合わせることがなく、空に同時に現れることすらなくなった。

星にまつわるいくつかの神話では、100日のあいだ毎日心から星の神に祈りを捧げれば、太一、すなわち北極星が人々の願いをかなえると言われている。ある話では、徹夜で祈り続けた貧しい少女の前に、神が長い白ひげの老人の姿で現れ、病に冒された母親に元気になってほしいという少女の願いを聞き入れたと伝えられている。

●――自然界の基本元素の神々

人々がまだ自然界の現象を説明できなかったころ、架空の存在が引き起こすと考えられていたさまざまな

> ❖ 五行
>
> 五行——金、水、木、火、土という自然元素の循環——は中国の哲学や神話に不可欠である。これらは伝統医学で人の体内エネルギーや物質を定義するために用いられるほか、より広範囲な時間やできごとの周期を表すものとして、中国の十二支のような体系ともしばしば結びつけられている。陰陽と同じく、五行にも優位性や階層はなく、それぞれが宇宙に同等に存在すると考えられている。それぞれの元素はほかの元素によって作られ、違うほかの元素を作るが、それと同時にほかのふたつの元素の影響を受け、ふたつの元素に影響を与えてもいる。このように、五行は相互に依存しており、その関係は明確に定義されている。
>
> 【発生の循環】
> 金属のコップには「水」が入る
> 雨の水は「木」を育てる
> 木は燃えて「火」のもとになる
> 火は消えて「土」になる
> 土は精錬されて「金」属になる

自然現象は、そのまま最古の神々になった。中国の神話では、目に見えない風は、部族のトーテム、巨鳥、空を舞う不死鳥、複数の角を持ち、ヒョウの模様がついた雄鹿の体に蛇の尾がある不思議な生き物など、数えきれないほどの想像上の形を取っている。その後、風神は飛廉(ひれん)と呼ばれるようになり、山で霊石を見つけたその神が魔法の風袋、風母を手に入れ、それを操って風を起こすと言われた。風は、儀式やいけにえが必要なほど力強く、ときに破壊的な神として擬人化され続けたが、それでも、ある時点で民間伝承の風姨(風おばさん)に変わり、最終的には片手に車輪、もう一方の手に扇を持った長いあごひげの老人、風伯(風おじさん)という親しみやすい姿に落ち着いている。

農耕文明では雨量が作物の成長を左右する。古代の中国社会では、雨を呼ぶのは巫師(ふし)の役目で、神に捧げる大がかりな儀式が必要だった。はるか昔の雨の神は、太古の存在である玄冥や、両耳内に蛇を這わせ、両手

に1匹ずつ蛇を持つ黒い肌の女、雨師姿である。やがてそれは赤松子という男の姿に変わった。赤松子はもとは蓑と動物の毛皮を身につけて踊り狂う毛むくじゃらの蛮人だったが、道士の教えを受けて真紅の龍へと姿を変え、雨を操るようになったためそう呼ばれている。威厳ある姿で描かれることもあり、そちらは長いあごひげのある体格のよい男性で、龍が踊る水盤を片手に持ち、もう一方の手で雨を降らせている。雨師の赤松子はほかの龍と同じように、強大な力を持つ水神、龍王の臣下だ。

多くの文化同様、大地の神話は、中国各地の異なる民族に伝わる太古の神話の要である。崇拝の対象は塚のような原始的なものから、五土（山と森、平野、丘陵、埋葬地、低地と沼地）、そして五帝の子孫と言われることもある地神の后土皇帝祇にいたるまでさまざまだが、后土の女性形で太古の12人の巫師のひとりである后土娘娘がよく知られている。后土娘娘はいくつもの王朝で崇拝され、道教神の最高位、四御のひとりとなった。多大な影響力を持つこの地母神は内陸部で人気を誇ったが、人々は身近な場所にも手の届きやすい神を求めた。そこで誕生したのが親しみを込めて土地爺と呼ばれる神で、こちらは特定の地域にしか力をおよぼすことのできない身分の低い地方の神である。文昌をはじめとする偉大な学者や、岳飛といった武将たちはみな、さまざまな時期にそれぞれの地方で土地神になっている。

中国の神話では、火の力は、たとえば、チワン族の布洛陀や、プイ族のレイリン、漢族の燧人氏のように、

> 最もよく知られている火の神は祝融で、南方の神でもある。

人間の英雄からほかの人間へと授けられることが多い。彼らは稲妻に打たれた木を観察したり、ふたつの石をこすり合わせたりして火の起こし方を発見し、しばしば火を求めて長い旅に出たとも言われている。また、不思議な生き物や神々に火を見せられたという話もある。ときには、怪物の両目のあいだから火を盗んで飲み込み、自分を切り裂いて取り出したハニ族の阿扎のように、怪物から奪い取ることもある。

最もよく知られている火の神は祝融(しゅくゆう)で、南方の神でもある。神話によって異なるが、炎帝もしくは黄帝の子孫とされる。頭は人だが体は獣で、2頭の龍を乗りこなしていることからもその力強さがわかる。祝融はまた、中国の世界創造神話の重要人物だ。天から息壌(そくじょう)を盗んだ鯀(こん)を殺し、諸説ある不周(ふしゅう)山の天柱の物語のひとつで共工(きょうこう)と戦ったのもこの神である。ほかに、顓頊の息子の黎(れい)を火の神とする説もある。黎は顓頊に天と地を分けるよう命じられた神々のひとりだった。

❖界

唐王朝(618－907)の時代までに、神話の世界観は、すでに定着していた体系ごとにまとめられ始めた。たとえば、仏教では世界には3つの領域がある。
- ❶ 命に限りのある現世
- ❷ 冥界と六界
- ❸ 色界と天界

六界と色界は場所というより通り道だと考えることもできる。そして、それ以上に重要な場所がある。そこでは界と界が接しているか、あるいは少なくとも十分接近していて、両者のあいだでコミュニケーションが取れる。

●——天

　中国の思想では宇宙を創造したのは全能の神ではないが、かなり昔の商(殷)王朝(紀元前1550-前1045)の時代から、「道」が守られているかどうかを監視し、ほかの神々を統率する至高の存在という概念は存在していた。それが天帝である。天帝は天体や自然界の基本元素だけでなく、死や戦争のほか重要な事業の結果も司っていた。また、上帝や皇帝などさまざまな名で呼ばれてもいる。周王朝(紀元前1046ごろ-前256)の支配者たちはみずから天帝の息子を名乗り、自分こそが天界と人間界の唯一の架け橋だと主張した。それが、統治する権利は天から授かるもの——天命——と考える中国思想の起源となった。

　中国社会で宗教と官僚の構造が発展するにつれて、地上の構造を天の再現とみなす考え方も拡大した。仏教の天は21層に分かれ、各層に天龍八部衆——空で暮らし、下の人間界を見守る神仙や生き物——が住んでいる。そこに含まれるのは、雨を司る天龍、死霊や悪霊を食らう荒々しい守護神、祈りを司る吟遊詩人の乾闥婆(けんだつば)などだ。神々と天に上った善良な魂はともに平穏に暮らし、階級と重要性に応じ

❖下——鏡の背面にある入り組んだ模様は、四角い世界、方位、十二支、天の輪、そして宇宙の大海を示している。

て住む場所が分かれていた。最上層はむろん、天帝の宮廷である。

道教では明王朝(1368-1644)までに、天帝に地上の皇帝と同じような新しい名前がつけられた。神々と人間の世界の頂点に立つ玉皇大帝、別名玉帝である。玉帝は陽が具現化したもので、同様に至高の女神、西王母は陰の具現化だ。古代中国の朝廷と同じように天界でも、この2神のもとで、たくさんの神々が職務にあたる。五行の出現を操る部門があれば、人間の暮らしを監督する部門もある。家庭や健康の神がいれば、さまざまな貿易の守り神もいる。それぞれの地方や都市に神がおり、冥界の使いがいる。冥界ですら「道」に従い、玉帝の支配下にあって、それぞれの持ち場の状況を報告した。

●──天梯

天と地を結ぶ天梯は中国のさまざまな民族の神話によく登場する。この「梯子」は巨大な山や木にかけられた梯子から虹や塔まで、いろいろな形を取っている。最も有名な天梯は崑崙山だが、『山海経』や『淮南子』にも、巫師のための橋だった登葆山や、薬草がたくさん生えている霊山が記されている。また、影がなく、音がこだませず、枝もない巨木、建木は世界の中心とも言われている。

天梯にまつわる神話の多くは、人間が上って神とかかわったために梯子が破壊される話が中心だ。そのひとつでは、天にそびえる山を登った若者が天帝の娘のひとりと結婚し、穀物や家畜といった贈り物を地上に持ち帰る。だが、天帝はそれを目に余る行為とみなし、

山をふたつに割った。別の話では、天にそびえる木を登った若者が水の女神と恋に落ちた。ところが水の女神が自分の仕事を疎かにし始めたために、地上に洪水が起きて、人類が滅びてしまった。神々は再び穀物やごまの種をまいてそれを人間に変えたが、木が天に届かないように、天を高い位置に持ち上げた。

ほかにそれほど高尚ではない話もある。たとえば、あるとき女がすりばちとすりこぎで米をすりつぶしていた。女は天が低いことが気に食わなかったため、高くなるまですりこぎで天を突いた。また、動物が天と地を隔てる原因になることもある。こちらの話では、天帝がフンコロガシに命じて、人間の食事を3日に1度にするよう伝えさせた。ところが、どうやらフンコロガシが間違えて1日3食にするよう人間に告げてしまったらしい。そのため、人間が大量に排泄するようになって、その悪臭に耐えられなくなった天帝が天を上へと動かした。

●──地

中国は大部分が広大な平原と平坦な台地からなり、南東と北東のはずれにいくつかの山脈、そして西部と北西部に沿ってそびえ立つ山脈の尾根がある。主要な河川はみな東に流れて海に注いでいる。そうした地理的な特色のそれぞれから神話が生まれている。

中国の神話では、地は海に沈まないように地維、つまり地を結ぶ綱でひとつに結ばれている。そしてその綱は亀、龍、蛇といった神話の生き物によって、人間界の四隅につながれている。7つの柱とともに、それらが天と地を支えているのだ。もちろん、中国はその

中心にある。そのため「中央の国」を意味するその名がついた。

　柱が天を支えるという考えは、中国の多くの民族の神話に繰り返し登場し、ひとつの山、巨大な木々から、金や銀の一枚岩、はては巨人の残骸まで、あらゆるものが柱として説明されている。最も有名な柱は「不完全」を意味する不周山である。この山は天全体を支える主要な柱だったが、あるとき憤った神に破壊されたため、地上に大災害が起きた。女神の女媧が世界をもと通りにしようと試みたが、急いで人類を救わなければと焦ったために不正確な修復になり、空が傾いてしまった。そのため、太陽は東から西へとまっすぐに移動できなくなり、大地が傾いて川がみな世界のひと隅へ向かって流れるようになった。

●――冥界

　神話の中国で最も魅力的な世界はおそらく冥界だろう。そこではシャーマニズムの要素、道教、仏教の教えがすべて混ざり合っているが、もとから混沌とした領域であるため、わかりやすくする必要もない。

　この領域は、冥界の玉帝にあたる閻王（門の王）に支配されている。閻王を盤古と太古の女性彌綸の息子とする説もある。鉄のように黒い冷淡な顔を持つこの冥界の最高支配者は、冷静で公明正大であることで知られていた。それはそうだ。魂の処理、罰の実行、輪廻の進行が厳密にルールに従って行われなければ、人間界は大混乱に陥ってしまう。中国社会では、行儀の悪

> 中国社会では、行儀の悪い子どもや怠け者の学生など、自分の行動の結果が見えていない人を叱責するために、18層からなる仏教の地獄がよく使われる。

❖**右**──中国の冥界にある10の門を守る地獄の十殿閻羅とともに描かれている大願地蔵菩薩。

い子どもや怠け者の学生など、自分の行動の結果が見えていない人を叱責するために、18層からなる仏教の地獄がよく使われる。18層のなかには、刀山地獄、屍糞地獄、皮剝地獄、うじ地獄などがあるが、天界の朝廷と同じように、地獄の厳しさにも官僚的な効率のよさがある。漢族の神話では、閻王は閻羅（えんら）と呼ばれる10人の副官とともに冥界を支配していた。閻羅はみな各自の門と廷を持ち、それぞれ異なる段階の試練や罰を受け持っていた。鬼魂（きこん）と呼ばれる死者の魂は、次の人生へと歩みを進める前に、それらを通り抜けなければならない。

　最初の門の閻羅は、新たにやってきた魂を吟味して、十分に善行を重ねた魂だけを石板にのせてまっすぐに最後の門へと通過させる——困難をすべて回避させる——仕事を請け負っている。この最短コースの審査は悪事を映す鏡で行われ、その後、残った魂はそれぞれの罪を贖うために各門へと振り分けられる。殺人、暴行、破壊など、凶悪な犯罪として広く認められている罪のほかにも厳罰に値する罪があり、この冥界制度に儒教の思想が反映されていることがよくわかる。たとえば、4番目の門は税や借金を逃れようとした者や、取引でいかさまをした者が行くところだ。一方、親不孝な人間は、7番目の門の閻羅の手でいったん肉塊にされ、それから獣の形に作り変えられて、永遠に獣として生きることを強いられる。

　なんとか最後の門までたどり着くと、最後の閻羅がそれぞれの魂の地位や生きていたときの行いの記録に基づいて、ふさわしい生まれ変わり先をあてがう。最悪の記録を持つ者は、罪が十分に贖われるまでノミや

芋虫のような寿命の短い単純な生物へと繰り返し生まれ変わり、徐々に人間に向かって戻っていく。

　この最後の門には孟婆というきわめて重要な存在がいる。孟婆は冥界の川辺で薬草を集め、記憶を消し去る忘却のスープ、迷魂湯［孟婆湯とも言われる］を作っている。このスープには冥界へ落ちた生き物すべての味が入っているため、飲めばこの世の存在全部をまとめて味わうことになる。最後の門を通る魂はひとり残らずこのスープを飲まなければならない。前世の記憶を失うことで、次の人生を一から始めることができるようになるからだ。けれども、ときにはスープのできが悪かったり、孟婆の同情を買ってスープを薄めてもらう恋人たちがいたりして、想定外の結果を招く。前世とおぼしき遠い記憶を持つ人間がいるのはそのためである。

　自然に死んだ者はみな六界［六道とも呼ばれる］へと運ばれ、その後冥界へと移るが、すべての死が自然とは限らず、現世を離れたくない魂が必ずいる。そうしたさまよう魂は不自然な存在で陰陽の流れを乱す。そこで閻王には、地上へ赴き、はぐれた魂を捕らえて正しい道筋へと連れ戻すふたりの部下がいる。

　この残忍な魂狩りのペア、黒白無常は、黒と白の特徴的な服を着ていることから見てすぐわかる。背が低く、がっしりした体つきの黒無常は全身黒装束、にらみつけるような表情と脅すような態度で、手錠を持っている。対する白無常は背が高く細身で白装束、いつも微笑んでおり、傘を持っている。神話に出てくるこのふたり組は死の前兆であり、その姿は彼らの仕事の二面性を象徴している。黒白無常が狩ろうとしている

❖左——この絵では、曲がりくねった道に沿って地獄がいくつかの領域に分かれている。新参者は生きていたときの行動の記録と照合される。

人間にとっては不幸でしかない。

●──狭間にあるあいまいな場所

❖崑崙

　神々と人間の世界が分かれてからも、つながりは完全に断たれたわけではなかった。神々は人間界に関心を抱き続け、見物や探索できる場所を維持していた。そうした場所のひとつが、中国北西部を走り、長きにわたって国民の想像をかき立ててきた、実在する壮大な崑崙山脈である。古い神話では、崑崙は天帝の地上の住居で、鳳凰によく似た鶉鳥が仕えていた。崑崙はまた西王母の居住地でもあり、名高い翡翠の木やエメラルドの湖がある。つまり、地上の楽園だ。神秘に包まれたその場所では神仙が鶴の背に乗って飛び回り、丹水（朱色の川）、真珠の木、木禾（木のような大きさの穀物）もある。

❖下──実在する山脈の名でもあるが、神話の崑崙は天と地の狭間にある「あいまいな」領域だ。

いくつかの物語では、崑崙には天につながる道があり、途中に３つの台地があるという。最初の層にたどり着けば、不老不死を得られる。２番目では霊力。そして、天の朝廷に足を踏み入れれば、肉体的な形や求めから解き放たれて自由な魂になれる。けれどもその道はきわめて長く険しく、危険に満ちている。人を食らう山羊の土螻や、命を落としかねないほどの猛毒のくちばしを持つ鳥、欽原に遭遇するかもしれない。人間の頭と虎の体を持つ恐ろしい神、陸吾が、上ろうとする者を助けることも妨げることもせず、ただ不正がないかとその道を見張っている。

❖ 蓬萊

　神話によっては、神々が地上で暮らす場所は蓬萊だ。蓬萊はすべての川が流れつく東の先にある。その人里離れた湾に、かつて５つの島が浮いていて、そこには

❖ 左──画家の富岡鉄斎が思い描いた蓬萊。青緑色の岩はじつは巨大な亀の甲羅かもしれない。

第1章｜宇宙論──道　　033

この上なく美しい景色、珍しい生き物、不老不死を授けるおいしい果実のなる木があった。浮き島を安定させるため、また嵐がきたり、だれかに発見されたりし

❖右──20世紀に描かれた黄帝のこの絵では、頭の周囲に西洋風の光輪があり、中国の神話が進化し続けているようすがわかる。

た場合に動かせるよう、島はそれぞれ、天帝が遣わした巨大な亀の背に乗っていた。

　ところがある日、不注意な神が湾へ投げた釣り糸が、2匹の亀に絡まってしまった。そんなこととは知らずに、神々はリールを巻き上げる。驚いた亀が釣り糸から逃れようともがくうちに、島がひっくり返って大惨事になった。生き残った者たちは天帝に嘆願して、避難民がほかの島へ移ったあとで2匹の巨大な亀を小さくしてもらった。残された浮き島の楽園──方壺[方丈とも呼ばれる]、瀛洲、蓬莱──のなかでは蓬莱が最もよく知られている。3つの島はなおも動いて逃げることができるため、荒れ狂う海を渡って島にたどり着くためには強い信念と決意が必要だ。ゆえに、神話のなかの蓬莱は、世の中に疲れてしまったけれどもこの隠れ場所を見つけるだけの力が残っていた者たちの楽園になっている。

❖ 泰山

　泰山は中国北部の山東に位置し、五岳、すなわち5つの霊山のひとつとみなされている。五岳はそれぞれが五行の象徴だ。西の華山は金属、南の衡山は火、北の恒山は水、中央の嵩山は土である。木を象徴する泰山は、天に捧げ物をして、天命を授かり、地上で神々の力を操る神聖な座につけるようにと、歴代の帝が目指す場所になった。宋の伝説によると、古代中国の最初の支配者だった黄帝は、蚩尤との勇ましい戦いに疲れて、泰山の麓で休んだ。すると西王母が天から狐に扮した使者を送り、黄帝にまじないをかけた。その後、黄帝は蚩尤を倒すことに成功して、地上に平和をもた

❖ 金橋と銀橋

　これまで取り上げた狭間にあるあいまいな場所はみな現世とそれ以外の世界とのあいだに存在するが、金橋と銀橋は冥界内の別れ道で、冥界の最初の閻羅、秦広の厳格な管理下にある。このふたつの特別な橋は、「道」に導かれて生命の循環を終える者だけに開かれている。そうした汚れのない稀有な魂は選択肢を与えられる。それは、金の橋を渡って汚れなき場所——涅槃——へと旅立つか、あるいは玉帝が支配する天へつながる銀の橋を渡って、宇宙のなかで神として生まれ変わるかだ。

　中国神話の最も興味深い特徴のひとつは、善行が認められたり、民間伝承でよく知られるようになったりすると、人間が神になるということである。そうした人々はみな銀の橋を通って天へ上ったと考えられる。つまり、輪廻転生から解き放たれて涅槃へ行くという究極のほうびを得るのではなく、天で自分の技能や責務を果たし続ける道を選んだということだ。

　らした。それが人間としての黄帝の最後で、やがて龍に乗って天へと上っていった。

❖ 豊都

　重慶市には、長い年月のあいだにたくさんの寺院や死後の世界の神々を祀る廟などが建てられて、巨大な

❖下——罪を犯した魂は、彼らを貪り食おうと待ち構えている鬼や毒虫がいる川へと、豊都鬼城の切り立った崖から落ちていく。

墓所と化した町がある。道教の神話ではその町は現世と冥界を結ぶ橋であり、今も現実世界の町でありながら死者の町、鬼城として存在している。鬼城へ行くためには冥界の通行証を手に入れる必要があり、それがないと死者の番人が通してくれない。奈何橋はギリシア神話のステュクス川の中国版、いわゆる三途の川にかけられている橋で、渡る者を五雲洞へと導く。橋は狭く不安定で、重荷を背負った魂は落ちて川のなかの亡霊や毒虫に食われてしまう。洞のなかには、残り少ない供物の断片を求めて争う、取り残された魂の不気味な叫び声が響き渡っている。洞の傍らには冥界の入り口、鬼門関がある。

第 **2** 章

創造の神話

　中国の神話では、西洋で言うところの天地創造より前は、宇宙誕生直後の原始の混沌(カオス)である。渾沌(こんとん)と呼ばれるその状態は途方もなく大きく、形がなく、混乱した塊で、生命がひとつも存在せず、なにひとつ判別できないさまざまな要素の融合体だった。中国における創造の概念は新しいものごとを生み出すことではなく、むしろ、新しいものごととして認識できるように、混沌(カオス)を明確な形と機能があるものへと再編することである。したがって、創られたり壊されたりするものはなにもなく、「道」の流れが変わるだけだ。

　初期の道教の考え方では、渾沌と呼ばれるこのありのままの混沌(カオス)の状態は、なんの特徴も持たない球体で、中心領域の神である。それ以外の場所では、南方を儵(しゅく)(「速い」の意)が、北方を忽(こつ)(「素早い」の意)が支配していた。渾沌が儵と忽をもてなしたため、ふたりは感謝の意を表したいと考えた。儵と忽はだれもが自分たちと同じように7つの開口部を持つべきだと思っていた。渾沌

❖左ページ——三皇のひとり、伏羲の顔の巨大な彫刻。湖北省の山腹に刻まれている。

もそうなればなおのことよいに違いない。そこでふたりは、7日のあいだ毎日、渾沌の丸い体にのみで孔(あな)を開けた。ところが7日目、渾沌が死んでしまった。儵と忽が誤った道理に導かれ、それをむりやり押しつけようとしたためである。

　のちの漢王朝(紀元前206-220)の神話では、渾沌は崑崙山にいる生き物である。それは少しだけ犬、少しだけ熊に似た姿で、鉤爪はなく、目はあるがなにも見えず、内臓がない。また、善人がいると走っていって体当たりをし、悪人がいるとすり寄ってもたれかかるという。渾沌は不完全な存在に見えるが、意味や可能性がないわけではない。つまり「道」の流れに委ねられている。

●──創造の神、盤古

　時が経つにつれて、異なる文化や宗教体系に起源を持つ中国の多種多様な神話は、徐々に整理されていった。盤古の起源はまさに秩序ある宇宙の起源である。宇宙誕生の物語にはこうある。

> ……卵のように不透明で、なかに盤古が横たわっていた。
> 1万8000年の時が経ち、卵が割れた。
> 明るく透明なものはすべて空になった。
> 重く濁ったものはすべて地になった。
> そして盤古がそのあいだに立った。(中略)
> 彼は精神を空に与えた。
> 彼は知恵を地に与えた。

> よく知られている盤古の姿は、筋肉質で巨大な人型で、原始の卵が割れるのを待ちながら内部で丸くなっているか、高く背を伸ばして天と地を引き離しているかのどちらかだ。

空は毎日3メートルずつ高くなった。
地は毎日3メートルずつ厚くなった。
空はとても高くなり、地はとても深くなった。

　よく知られている盤古の姿は、筋肉質で巨大な人型で、原始の卵が割れるのを待ちながら内部で丸くなっているか、高く背を伸ばして天と地を引き離しているかのどちらかだ。天を切り開く盤古斧を振りかざす姿が描かれることも多い。言い伝えによっては、この斧こそが、眠る盤古を包み込んでいた混沌(カオス)の殻を破るときに使われた道具である。ほかの伝説では、盤古は、髪のあいだから2本の角が突き出ているか、そうでな

❖左——自分が誕生した宇宙の卵を持つ盤古。混沌から世界を創造し、混沌を陰と陽に分けた。

第2章｜創造の神話　　　041

ければ頭が龍で体が蛇である。不思議なことにもうひとつ、盤古が木の葉の切れ端を身につけた小人の姿で描かれていることがある。もしかすると、いかに英雄が大きくとも、天地創造の規模に比べればほんの小さな存在でしかないことが強調されているのかもしれない。

　盤古は中国神話において、命に限りのある最初の英雄である。それでも生命の原始の力すべてを有していた。盤古の息は風、雨、雷を呼ぶ。盤古が目を開けば昼、閉じれば夜が訪れる。だが、それほどの強さと能力を持ちながらも、原始の混沌（カオス）から世界を分けるという偉業を成し遂げるまでに１万8000年を要し、まさにその天地創造の疲労から衰弱して死んでしまった。

　道教では盤古は「元始天尊（げんしてんそん）」と呼ばれ、原初の自然の力である。彼の死は西洋で言うところの世界創造だ。盤古の左目は太陽に、右目は月になった。白髪の混じった髪とあごひげは夜空と星に、体と手足は世界の四隅となった。歯は国を取り巻く巨大な山脈となり、骨は地中の金属や鉱物となった。皮膚と腕の毛は土と草に、汗と血はそれがたまった湖から川となって流れ、やがて海を作った。このように、盤古の体は世界の万物の起源であり、彼が持っていた自然の力はすべての創造物に流れている。

　死は盤古の終わりではない。盤古の魂は限りある体を離れ、天へ渡って、太古の女性、聖女太元に出会う。そして、太元の口へ飛び込み、その背骨から不死の存在として出てきた。それから、太元とのあいだに三皇となる女媧（じょか）、伏羲（ふつき）、神農（しんのう）をもうけ、三皇からは五帝が生まれた。

❖**左**——のみと槌で天地を割る盤古。力を貸した四神のうち、玄武（亀）、朱雀（鳥）、青龍（龍）の3つが描かれている。

　これは、盤古が地上の人間を増やした3つの物語のうちのひとつである。2番目の説はそこまで尊くはない。盤古が死ぬと、髪のあいだに棲みついていたノミやシラミが振り落とされ、人間を含む、ありとあらゆる地上の生き物に変わったという。

　盤古の物語で最も重要なバリエーションのひとつは、中国南部のプイ族に伝わる地方神話が起源となっている。そこでは、天地を隔てた盤古がひとところに落ち着き、米の栽培方法を覚えたと信じられている。盤古

第2章｜創造の神話　　　043

✣**右**──道教公認の神々の ひとりである盤古は、不老 不死を得たのちに元始天尊 の称号を与えられている。 また、玉清という名でも知 られている。

の家に魅せられた龍王の娘が嫁いできて、息子が生ま れ、新横と名づけられた。この息子がたいそうな腕白 だったため、手を焼いた龍の姫は息子を盤古のもとに

残して父親の宮殿に帰ってしまった。そこで盤古は息子を育てるために人間と再婚した。

盤古が世を去ると、息子は継母と仲違いをした。あまりの剣幕に、もう少しで稲を全滅させてしまうところだったが、そのことに気づいたふたりは仲直りをして、ともに盤古の墓参りに行った。現在、その日は毎年、プイ族が祖先を敬う日になっている。

●── 人類の母、女媧

盤古が世界を創造した力強い巨人だったのに対して、女媧は世界を破滅から救ったことでよく知られている。また、人間を作ったとも言われている。頭に雄牛の角を持ち、上半身は人間の女性で下半身は蛇であるこの女神は、世界が創造されたことを知って探検に出かけた。だが、世界は美しいにもかかわらず、だれもいなかった。

時が経つにつれて、女媧は、世界の驚異を分かち合えるような、思考できる存在とともにいたいと強く望むようになった。そこで、黄河の岸に横たわりながら、手でひとつかみの泥をすくい上げ、水面に映る姿を見ながら、自分の像を作る。1本の尾ではバランスが悪いため、下半身をふたつに分けて2本の足をこしらえ、像を地面に置くと、像に命が芽生えた。よろよろと揺れ歩く姿に喜んだ女媧は、すぐにたくさんの像を作り始め、その生き物で世界がいっぱいになるようにと、昼も夜も造形を続けた。次第に疲れてきたあるとき、自分が急いで仕上げたものにもちゃんと命が芽生えることに気づいた女媧は、それもまた愛らしいと思った。そこで、ある程度の長さの蔦を手に取ると、泥に浸し

て頭上で回転させ、泥のしぶきを周囲に飛び散らした。泥はさらにたくさんのよろよろと揺れ歩く像になった。

　この神話のできごとはしばしば社会の不平等の言い訳に用いられる。金持ちの貴族は女媧が手でこねて作った像で、飛び散った泥は貧しい人々や身体的に恵まれていない人々の祖先だと言われる。

　女媧は自分が作った生き物に満足し、新たな生命を慈しんだ。けれども、新しい世界に惹かれた神は女媧だけではなかった。いずれも水の神である共工と顓頊がこの新世界に下りてきて、支配者として名乗りを上げたのである。ふたりの神はどちらがまさっているかを決めようと容赦なく戦った。壮大な争いは果てしなく続いて、剣が飛び交い、雑草を刈るかのように木々が真っぷたつに切られたが、やがて、共工に深手を負わせた顓頊が勝利した。物語によっては、致命傷を負った共工がよろめき、天柱のひとつである不周山に倒れ込んだと言われる。よく知られているバージョンでは、恥と怒りのあまり、共工が不周山に頭突きを始めたことになっている。

　いずれにしても、山が崩れ始め、それが支えていた天蓋が揺さぶられて斜めに滑り落ち、最後には割れてしまった。天の穴から流れ出た火と水は、大地を焦がし、洪水を引き起こした。獰猛な獣が暴れ回り、人々をむさぼり食った。太陽が天空から消えて、地は暗闇に包まれた。女媧が作った生き物たちは大声で助けを求めた。洪水で溺れる者もいれば、恐怖のあまり逃げ出す者もいる。家や畑は水にのまれるか、焼かれて灰

になった。彼らの苦しみと自分の愛する世界の崩壊に心を痛めた女媧は、空を修復しようと決意した。だが、不周山を目指すあいだにも、天蓋はどんどん落ちてくる。そこで女媧は巨大な亀を殺し、その足を突き立てて空がそれ以上傾かないようにした。つぎに、洪水を引き起こしている黒龍をつかんで殺し、その体を空の穴に突っ込んだ。ひとまずそうしてから、空をきちん

❖**左**——母なる神、女媧の初期の描写には、蛇の体に人の首がついたものもある。

第2章｜創造の神話

047

と直す方法を考えた。やがて、女媧は自分が探していたもの——5色の川底石3万6501個——をなんとかそろえることができた。そして、マグマで石を溶かして、空の落ちてしまった部分を埋めようとした。

　そうするあいだにも、死んだ龍の体が空の重みで抜け落ちそうになっている。女媧はマグマを手に取ると、激しい流れに逆らって壊れた空へと急いだ。龍が落ちるちょうどそのとき、女媧は穴にマグ

❖**右**——女媧が5色の石で作ったマグマを用いて、たったひとりで空の穴を修復する。

マを押し当ててそれを永久にふさいだ。それから燃え盛る葦や作物から灰をかき集め、洪水を堰き止めた。

　大地と人類は女媧に救われたが、大災害の爪痕は残った。不周山の崩壊部分は北東に落ち、地盤が沈下した。天蓋は修復されて持ち上げられたが、二度とまっすぐには戻らなかった。今日でも西に向かってわずかに傾いているため、東に隙間ができ、中国の川はすべてそこへ流れ込んでいる。

　女媧の奮闘の証しはもうひとつ世界に残っており、昼の始まりと終わりに見ることができる。空の修復に用いられた5色の石が光に反射される、輝くばかりに美しい日の出と日の入りは、今も赤いマグマで繋ぎ合わされているように見える。

　時とともに、神話の女媧は蛇身ではなくなり、2本の足を得て、人間から見てより洗練された姿に近づいた。そしてまもなく、美しい貴婦人として描かれるようになった。縦笛の一種である簫や、竹を束ねたようなリード楽器の笙を発明したのは女媧だと言われている。また、世界の人間を増やすという仕事を人々に続けてもらおうと、正式に男女の結婚制度を定めたとも言われる。

　女媧は人類を創造するにあたって、自分の知恵、力、優しい心を注ぎ込んだ。彼女の魂は現在も天からそれを続けている。戦国時代（紀元前475-前221）の神話では、女媧は自分の体を10のさすらう霊へと分裂させ、それらがずっと人間界を駆けめぐって世界を危害から守っている。

> 龍が落ちるちょうどそのとき、女媧は穴にマグマを押し当ててそれを永久にふさいだ。

❖**右**——時が経つにつれて、女媧は完全な人間の、上品な母のような姿で描かれるようになった。女媧は結婚や多産とも結びつけられている。

●——あとから登場した父なる神——伏羲

漢王朝(紀元前206–220)時代、女媧は伏羲(ふっき)(別名包義、庖

羲)という名の伴侶を得た。女媧同様、伏羲も頭は人間だが、下半身は龍あるいは蛇だった。ふたりを兄妹とする説があるほか、彼らだけが大洪水を生き延びたとも言われている。

　女媧と伏羲は神秘の山、崑崙でともに暮らしていた。ある日ふたりは天帝がいる山の頂上へ赴いて、夫婦として暮らす許可を願い出た。天帝と直接会話をすることはかなわないため、ふたりは供物の上で香を焚き、煙が散り散りになったなら却下、煙が空中にとどまれ

❖下——伏羲は八卦を考案したと言われている。破線は陰の状態、実線は陽の状態を示している。

第2章｜創造の神話

> ❖ **伏羲と女媧のシンボル**
>
> 　女媧や神農とならび、伏羲は中国文明における三皇のひとりとみなされている。女媧はしばしば伏羲とともに描かれるが、ふたりの異なる人物の場合もあれば、ふたつの体でありながらひとつの蛇の尾につながっていることもある。伏羲と女媧はふたり合わせて均衡、すなわち陰陽の調和の象徴である。ふたりはたいてい、太陽と月、あるいはコンパスと直角定規など、いずれも同じくらい重要で異なる物体を手にしている。

ば願いは聞き入れられたというように、しるしで神の意思を示してくれるよう頼んだ。煙が供物の上から動かなかったため、ふたりは夫婦になった。

　中国の少数民族の多くで、伏羲と女媧は人類の祖先とみなされている。そうした神話では、ふたりがともに人類を作った、あるいは女媧が作った最初の人間たちがほぼすべて流されてしまったあとで、ふたりで作り直したと話が改められている。ほかのすべての生命同様、人類にも陰陽が流れるように作られており、伏羲と女媧ができたばかりの種族に丹念に陰陽を吹き込んだと考えられている。ふたりには数百人の子どもができ、世界中で暮らすようになった。

　のちの神話では、伏羲は高貴な人間の指導者として描かれている。女媧が世界を修復して人類を救った者として崇められているのと同じように、伏羲は人類に知恵を授けた者として名を知られている。自然と周囲を鋭く観察し、そのなかにパターンを見いだそうとした伏羲は、火打石で火を起こす方法、石器を用いて作物を育てる方法、野生の獣の狩りや料理、のちには動

❖ 八卦と易経

伏羲の神話上の偉業のひとつは八卦[はっかとも呼ばれる]を考案したことである。これは実線と破線で表され、特定の状況における陰陽のレベルを示すために用いられる。

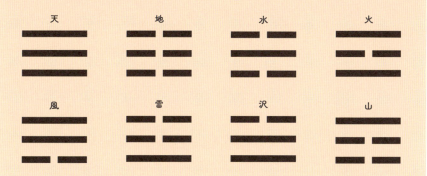

のちの周王朝（紀元前1046ごろ–前256）では、これらの八卦がそれぞれ組み合わされて、ものごとの状態変化を表す64の図になり、しばしば易経と呼ばれる占いのための図表が作られた。占い師はこの図表を用いて、占いを望む人が発するパターンを調べ、問いに答える。パターンは特別な模様のあるコインを投げたり、内部が見えない器から黄色い棒を引き抜いたりして決まることもある。今でも中国の寺院では訪問者に運勢を告げるそうした占いが人気だ。

物の家畜化や荷車を引かせる訓練など、多くのものごとを人類に教えたと言われている。

　自分の魚を食われることを快く思わなかった龍王が人類に素手で魚を捕まえることを禁じると、伏羲は人々に釣りのしかたも教えた。蜘蛛が虫を捕まえるために複雑な巣を張るのを見た伏羲は、籐ヤシで網を作ることを思いつき、その網を水中に下ろして、素手ではなく、網を罠に魚を捕まえればよいと人々に教えたのである。伏羲はまた、衣類の素材となる蚕を飼育する方法を編み出し、また、塤（オカリナのような楽器）や瑟（大型の琴のような楽器）を作って人々にさらなる喜びと楽

しみを与えた。

　当初、伏羲は膨大な数の発明をしたと言われていたが、時とともに、それらの多くは別の神々や英雄たちの功績になった。たとえば、火をもたらしたのは燧人氏、絹の生みの親となったのは嫘祖[れいそとも呼ばれる]という具合である。太古の中国では、究極の知恵の泉、人類の偉大なる師となるような、この上なく立派な先史時代の神が望まれていたが、やがて天界の朝廷が拡大するにつれて、人々は生活の異なる要素それぞれに特別な神を置きたがるようになったと考えられる。

第3章

神話の生き物

中国神話には、崇拝の対象や幸運のシンボルから、宇宙の体現や文化の象徴まで、きわめてたくさんの想像上の生き物がいる。そのなかには帝、貴族、あるいは道教、儒教、仏教の信仰によって正式に広められたものもあれば、民間伝承を通して一般に知られるようになったものもある。そして多くの場合、その両方の領域の存在は、互いに影響をおよぼしながら発展してきた。本章では代表的な中国神話のシンボル──四神、四霊、五瑞獣──と、それ以外の文化的に重要な神話の象徴について探っていこう。

●──四神

　古代中国の伝統芸術では東西南北の各方向に生き物が描かれていることが多い。それらが四象、四獣とも呼ばれる四神である。古代中国の天文学者は空を4つに分け、全体で28ある星座のうちの7つがそれぞれに含まれるようにした。東の7つの星座は空を飛ぶ龍

❖左ページ──帝の装束はたいてい、背の部分に龍が刺繍されている。龍の模様を身につけてよいのは帝だけだった。

に似ていた。北は蛇を巻きつけた巨大な亀に見えた。そして、南の星座は高く舞い上がる不死鳥、西は今にも飛びかかろうとしている虎のようだった。

そこで四方の空にそうした生き物の名がつけられ、天の守護者とみなされるようになった。偉大なる哲学者、老子はしばしばこの四神に囲まれた姿で描かれている。この4体の巨大な生き物の天体の姿は複数の西洋の星座で構成されているが、古代中国で星宿あるいは宿と呼ばれたそれらの星の集まりは、天の異なる方

❖下──鏡の模様は（上部から時計回りに）北の玄武、東の青龍、南の朱雀、西の白虎を示している。

❖上──青龍の神話は中国だけでなくブータンにもあり、ワンデュチョリン宮殿の壁にその姿が描かれている。

角を象徴し、それぞれが1柱の星の神によって治められている。

❖青龍

東の空を守る龍は、木の元素と青色に結びついている。道教の神話では、青龍[蒼龍とも呼ばれる]は太陽と

❖青龍の星座

青龍の星座は以下の星で構成されている。
- 角宿、角の星座(おとめ座のアルファとゼータ)、太陽や月が通る天門がある。
- 亢宿、喉の星座(おとめ座)、天の中庭が広がる。
- 氐宿、鉤爪の星座(てんびん座)、天の朝廷の座席。
- 房宿、青龍の胸(さそり座のベータ、デルタ、パイ、ロー)、天の馬小屋。
- 心宿、心臓の星座(さそり座のアルファ)、玉帝の健康状態を表す。
- 尾宿と箕宿は青龍の尾(前者はさそり座ラムダ、後者はいて座のガンマ、デルタ、イプシロン、イータ)で、それぞれ天鶏の星の神、天行の星が司っている。

第3章｜神話の生き物　　　　059

月の性質を有しており、息を吐いて風と雲を起こし、声は雷鳴となる。青龍は天の8方向すべてを自由に飛び回り、4つの海を越えることができる。他者の支配を容易には受けない青龍は、近いようで遠く、あらゆる可能性を秘め、常に変化し続ける。朝廷や宮殿といった天界の中枢はみな東にあることから、青龍は最も重要で、最も尊ばれている天の守り神である。

❖白虎

白虎(びゃっこ)は神話における西の神で、金の元素と結ばれ、白色で表される。道教の神話では、白虎は英雄の資質を持ち、厳かに話す。ほかの獣がみな恐れるその咆哮

❖下──この炻器の枕には白虎──西方の神で金の元素と関連──のいる風景が描かれている。

❖白虎の星座

白虎の星座はおもに監視、警備、物資の供給と関係している。
- 奎宿(けい)、白虎の股(アンドロメダとうお座)、天の将軍の要塞。
- 婁宿(ろう)、白虎のあばら(おひつじ座、うお座、さんかく座)、天の監獄。
- 胃宿、白虎の胃(おひつじ座の一部)、天の穀倉。
- 昴宿(ぼう)、白虎の「ふさふさの頭」(おうし座付近)、天の目。
- 畢宿(ひつ)(おうし座)、天の耳。
- 觜宿(し)(ベテルギウス)、別名「亀のくちばし」、天のすだれ、怪物を御する。
- 参宿(オリオン座のベルト)、天の水を司る者。

には、山や森にいるだれもが畏敬の念を抱かずにはいられない。五大元素すべてと調和する白虎は、すべての生き物のなかでも比類なき存在である。

❖ 朱雀

この深紅の鳥は南方の精で、火の元素の象徴だ。道教の神話では、朱雀は不老不死の霊薬が作られていた洞窟の火から生まれた。羽毛は霊力を帯び、5色に輝いている。頭は空、目は太陽、背は月のようだ。羽は風で、鉤爪は地である。尾はまるで星のようにきらめいている。朱雀は火を見ると飛び上がろうとして羽を広げる。火と聞くと鳳凰が思い浮かぶかもしれないが、朱雀はまったく別の生き物である。鳳凰は鳥の王だが、朱雀は原始の陽の火から生まれた存在で、天の性質を持っている。

❖下──火と関係のある四神、朱雀の姿が、それにふさわしく、漢王朝のかまどに装飾されている。

第3章｜神話の生き物

❖ 朱雀の星座

朱雀の星座は天の構造の基幹部分をなす。
- 井宿(ふたご座内)、天の井戸がある。
- 鬼宿(かに座内)、天の衣装部屋。
- 中国の天文学では西方のうみへび座は次の星座で構成されている。

- 柳宿、天の台所。
- 星宿、天の倉庫。
- 張宿、天のはかり。

- 翼宿(うみへび座とコップ座)、天の金庫。
- 軫宿(からす座)、天路の星の神が司っている。

❖ 玄武

　神話のなかで生まれたときは亀だったが、時とともに蛇と並ぶようになった玄武は、双子の生き物として描かれ、亀の背に蛇が乗っている姿、あるいは、しなやかな長い首を伸ばした、蛇のような美しさを備えた亀の姿をしている。玄武は北の精で、水の元素と黒色を象徴している。

❖ 玄武の星座

玄武は天の中心となる星座を見守っている。
- 斗宿、玄武の頭と体(こぐま座)、天の寺院がある。
- 危宿、甲羅(みずがめ座とペガサス座)、天の国庫を司る基幹の座席。
- 室宿、蛇のような尾の星座(ペガサス座)、天の朝廷の穀倉(天のほかの備蓄とは別)。
- 女宿と虚宿、それぞれ女の星座(みずがめ座)と配偶者の星座(こうま座とみずがめ座)、神と女神の健康や幸福を司っている。
- 牛宿(やぎ座)、天の運をみる星宿。
- 壁宿、壁の星座(ペガサス座とアンドロメダ座)、天の都を定める。

道教の神話によれば、玄武は完全なる陰から生まれた。9つの大陸を旅した玄武は、あらゆるものの性質を吸収したため、力強く、穏やかである。玄武の存在は、天地創造の前から流れる万物を育む水のように永遠だ。四神のなかで最も古い玄武は真武大帝や玄天上帝の称号を与えられている。

　かつて玄武は失われた浄楽国の太子で、いくつもの海を渡り歩いていた。その途中で神仙に会い、剣を授かったという。太子は剣を携え、「道」を磨くべく武当山へ向かい、24年の修行ののち、出世して真武の称号を得た。別の物語では、玄武は蓬莱にある地上の楽園を運ぶ亀だった。長い年月を通して、亀は頻繁に島を訪れる神々の話を聞いて学び、神になれるだけの修養を積み重ねることができたという。

●──四霊と瑞獣（五瑞獣）

　古くから伝わる中国の思想は、星々に見られる幸運の兆しによって示される日付、運気を呼び込む縁起物、またそうしたものの図像と使うべきタイミングなど、吉兆の考えが中心にある。うろこを持つ生き物すべての君主である龍、鳥の支配者である鳳凰、水中の生き物と甲羅を持つ生き物のなかで最大の亀、そして獣全体の王者である麒麟という神話の四霊は、幸運をもたらす主要な存在だ。それらの姿はたびたび中国の伝統芸術や工芸品に登場する。

❖ 龍

　西洋の伝説に登場する龍はたいてい怪物だ。けれども中国では、龍は縁起のよい生き物で、同国の文化、

> 中国では、龍は縁起のよい生き物で、同国の文化、人民、伝統と同義だ。

人民、伝統と同義である。どちらも英語で「ドラゴン」と呼ばれるとはいえ、中国の龍は西洋のものとはまったく異なる。

中国の龍は9つの生き物の特徴を持っている。ラクダの頭、雄鹿の角、雄牛の耳、うさぎの目、それらがみな蛇の首につながり、あわびの貝殻の腹、鯉のうろこがある。さらに虎の足、鷲の鉤爪を生やしていて、それらすべての力と威厳を併せ持っている。龍はいくつもの部族の象徴の結合だった可能性もある。そのため、帝が支配したのちの中国では、龍模様の装束を身につけることができるのは帝だけだった。ペー族の神話では龍が人類を産んだと言われる一方で、古代の部族の国、哀牢夷(あいろうい)では、祖先は沙壱(さい)という女性と龍だと信じられていた。20世紀の現代神話でもその考えが強調されており、今日においてもなお中国人は

❖下——この青銅製の龍亀像は北京にある紫禁城の象徴のひとつで、神話の要素と玄武の動物的な姿が組み合わせられている。

❖**左**——西洋の民間伝承に見られるドラゴンとは異なり、中国の龍はほぼ必ず幸運や吉兆の象徴である。

自分たちを「龍の子孫」と称している。

　中国の芸術作品によく見られる龍は神話にある多種多様な龍種のほんの一部でしかない。『山海経』だけでも龍や蛇の姿をした生き物が100種類以上登場する。たとえば、魚の体、蛇の尾を持ち、その肉が病気を治すという虎蛟や、鳥の顔と龍の体を持つ山神で、地元の人々がいけにえや翡翠を捧げて崇めているという龍身鳥首の神がそうだ。

第3章｜神話の生き物　　065

中国の龍はおおまかに、天、帝、霊、地、そして宝の守護者の5つのカテゴリーに分けられる。よく知られる天龍のひとつは燭龍あるいは燭陰と呼ばれる龍神で、北西の海の向こうにある章尾山に住んでいる。燭龍は顔が人、体が蛇で、隅々まで照らすほど光り輝く赤いうろこがあった。食べることも寝ることもしない燭龍は、風を呼び、雨を降らせ、四季を操ることができ、目を閉じるだけで昼が夜に変わり、目を開ければ昼になった。ほとんどの天龍と同じく、この龍も天と地を自由に飛び回り、息子の夔䑏[猰貐とも表記される]

❖右──北京の頤和園は、このようなすばらしい龍頭の彫刻で飾られている。

066

がほかの神に殺されてしまったときには、玉帝に直訴した。燭龍はほかの多くの龍と同じように描かれているが、ほかの龍の絵や彫刻にはある真珠がないことが多い。これは、天の生き物は所有や富に対する俗世の欲求を持たない崇高な存在だと考えられているためである。

帝龍は地上の領域に縛られているが、やはり力強い存在だ。この龍は、帝が正しく国を治め、幸先がよいときに現れて、帝を普通の人間ではなく龍と対等なものとして扱い、彼らを支える。最初の帝龍はおそらく応龍(おうりゅう)だ。この龍は黄帝を助け、蚩尤との戦いで洪水の水を飲んで人々を救った。ところが、戦いが終わると、水の元素を取り込みすぎた応龍は天へ戻れなくなった。現在はこの龍が南方を飛び回って水のエネルギーを発散させているため、中国南部には多くの雨が降り、沼地が多いと言われている。

> 戦いが終わると、水の元素を取り込みすぎた応龍は天へ戻れなくなった。

霊龍はたいてい青いうろこを持ち、各地方の水の神として敬われている。これらは比較的狭い水域の雨量や陸水を司っている。湖や川から、滝や井戸まで、多くの水域がある中国には、それらに目を配る小さな霊龍も数えきれないほどたくさんいる。神話によっては、地下水、水没している洞窟、とてつもなく深い湖にも黒い龍がいて、地上の青い雄の龍とは異なり、それらは雌だという。

地龍にはいろいろな種類がいる。もしかするとまだ若いからかもしれない。地上でときに人と敵対することもある龍といえばおそらく、うろこに覆われた蛟龍(こうりゅう)だろう。この龍は、女媧が空を修復するときに殺し

第3章｜神話の生き物

❖上──九龍を描いた壁は昔から帝の宮殿の前に設置され、そこに住まう者たちを物理的に、また霊的に守る盾となっていた。

た黒い龍のように、飛び回って洪水を引き起こす。ほかにもたくさん飛び回っているのは、虯龍（きょうりゅう）だ。こちらは角もひげもない小さな龍だが、角はないけれどもひげはある螭龍（ちりゅう）と混同してはいけない。よく柱に巻きついたり宮殿の装飾になっていたりする龍は蟠龍（ばんりゅう）で、やはり地龍だが、まだ飛ぶ能力を獲得していない。

　守護龍は特殊な例だと思われる。これらは間違いな

く地上の龍で、西洋のドラゴンと同じように金銀財宝に目がない。しかし、西洋のドラゴンが強欲と同義語で必要以上に黄金を蓄えるのに対して、中国の龍は一般に良心的で(怒っていなければ)、助けてくれたり親切にしてくれたりした者と宝を分け合うことで知られている。

❖**右**——霊龍である神龍が天気を操る。龍は意のままに嵐を呼んだり消したりできると考えられていた。

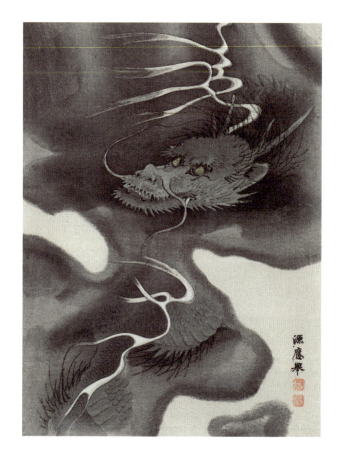

❖**龍王**

龍王はまさしく、仏教の蛇の王ナーガラージャと中国神話の龍が融合した例である。中国の龍は、巫師が神と心を通わせるときの媒体となる霊的な存在、あるいは強大な力を持つ神話の生き物として誕生した。当初、人々は、干ばつや洪水の時期に陰陽の均衡を取り戻してくれるよう龍に祈った。まもなく、各地に龍を祀る寺院が次々に建立された。龍は中国の随所にある内陸の水路や貯水池を司るようになった。やがて、地域で崇められていたそうした神話上の獣が擬人化され

> ### ❖ 中国の龍使い
>
> 昔、龍が好きでたまらない董父という男がいた。暇があれば龍を観察しながらついて回るうちに、意思疎通と会話の方法を習得した。董父はやがて、舜帝に雇われることになった。たいそう苦労して人間界から怪物を遠ざけた帝が、龍に対してある程度の服従、あるいは少なくとも協調を求めたいと考えたためである。董父は豢龍という姓を授かった。豢龍の弟子、劉累がその仕事を継ぎ、夏王朝（紀元前2070ごろ–前1600ごろ）の孔甲に仕えた。劉累はやがて御龍の姓を授かった。

た神へと発展した。晋王朝(266–420)の神話には、龍が人の姿で現れて、食べ物と薬を求め、お礼に雨を降らせたとある。現在ではより高位な存在として崇められているそうした水の神々は「龍王」や「大龍」と呼ばれるようになった。

唐王朝(618–907)と五代十国時代(907–979)には、「洞庭湖龍王」という称号が神話に現れ始めた。宋王朝(960–1279)についての史料には、数百の龍が帝によって神格化され、各地の水の神として公、侯、王などの称号を授かったと記されている。そうした時代に、各地で神々を正式に認定してもらおうとする動きが加速した。必要な条件は、霊的な力があることの証明だけだった。さらに、各地の水路を敬う気持ちから生まれた龍王の上位に、四海龍王が登場した。

航海や漁業が盛んな国によくあるように、中国でも海は深い尊敬の対象で、恐ろしい力が秘められた場所として認識されている。秦王朝(紀元前221–前206)以来、四海には供物が捧げられ、隋王朝(581–618)時代にはそれが帝によって行われる儀式へと発展した。やがて、

❖**右**──龍を手懐ける羅漢が描かれた絵巻物。中国古来の民間伝承と仏教の結びつきがわかる。

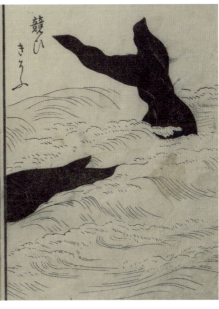

❖上——海の支配者龍王の従者。日本の画家、鍬形蕙斎の19世紀の作品。

　海が持つ力は各海にいる1柱の神の力とみなされるようになり、崇拝の中心が四海の神々へと移った。唐王朝(618–907)時代には、帝たちが海の神に王の称号を与えた。そして、広く知られていた仏教の経典にある蛇神ナーガラージャのイメージと人々のあいだで敬われていた各地の龍王をもとに、海の神も、水に関連するほかの神と同じ巨大龍へと姿を変えた。

　最も危険な4つの大海を操る各海の最強の水龍は、四海龍王と呼ばれる。明王朝時代に記された漢王朝(紀元前206–220)の神話では、東海の龍王は敖光、南海は敖欽、西海は敖閏、北海は敖順である。龍王はみな、人のような体と龍の頭を持ち、人間界の帝の装束を身につけて、海の生物と夜叉(自然界の精霊)を思いのままに操り、巨大な水中宮殿から各海を治める。力がおよぶ範囲と海における活動の水準から考えて、龍王たち

第3章｜神話の生き物　　073

は地上の役人と同じくらい官僚的なものごとに関わっていたと見える。潮の満ち引きはもちろん、降雨、漁獲量、あらゆるもめごとの仲裁の責を負っていたからだ。後世の神話では、龍王は猿王や哪吒（なた）といった勇猛果敢な神々を背に乗せ、横柄で短気な存在として描写されている。

●──龍生九子

❖ 長男──囚牛

龍王の長男、囚牛（しゅうぎゅう）は音楽を愛し、音が奏でられていると、その近くにいたがる。この龍はしばしば胡琴などの楽器に彫刻され、楽器の上に座って、演奏に耳を傾けている。

> 龍の頭と角を持ち、恐ろしい形相をした、たくましい獣の睚眦は、戦いを好み、武器のよさがわかる。

❖ 二男──睚眦

龍の頭と角を持ち、恐ろしい形相をした、たくましい獣の睚眦（がいさい）は、戦いを好み、武器のよさがわかる。剣や短剣のつばのすぐ上にある、口を開いた龍頭の彫刻「龍呑口」のもとになっているのがこの龍だ。

❖ 龍生九子

龍王には名の知れた娘がたくさんいるが、神話のなかではまったく不適切な神や人間と恋に落ちて、厄介ごとを招いているようである。龍王の9人の息子については娘たちよりも詳しく記されている。それぞれは父親に劣るが、龍王の特定の要素を強く受け継いでいるため、異なる形で崇拝されている。

❖ 三男——嘲風

龍というより犬のように見える、体の小さな嘲風(ちょうふう)は、大きな目と穏やかな性格を持つ鋭い観察者である。この龍の像はたいてい、周囲を見渡すことのできる屋根の上に見つかる。

❖ 四男——蒲牢

いつも体を丸めて座り込んでいる蒲牢(ほろう)は臆病な龍で、叫び声がいちばん大きい。父親の深海の王国で自分の上を泳ぐ巨大鯨に怯える哀れな蒲牢の像は、監視塔の巨大な青銅の鐘の上にあることが多い。この鐘を鯨の形をした槌でたたくと、特別大きくはっきりと鳴り響く。

❖下——うずくまっている蒲牢は獰猛に見えるかもしれないが、危険が近づくとおびえて大声を上げることでよく知られている。

第3章｜神話の生き物

❖ 五男——狻猊

獅子のような姿の狻猊は火と煙が好きで、歯をむいたその姿は多くの寺院で見ることができる。寺の香炉で、この龍の口から煙が立ち上るようになっているからだ。また火薬と結びつけられることもある。睚眦の姿が剣や短剣に見られるのに対して、狻猊は大砲の口を飾っている。

❖ 六男——覇下

最古の亀かもしれない覇下はきわめて力が強い。8つの山脈を持ち上げ、あちこちに運んでよく遊んでいたと言われている。覇下が水しぶきを上げてはしゃぐと、水が陸に押し寄せて世界が大混乱に陥る。治水を成功させたことで知られる禹はこの覇下を手懐けて、山を削り、溝を掘り、やがて、覇下が引き起こした洪

❖ 下——洪水を寄せつけないよう、北京郊外の通州にある大運河の橋に飾ってある覇下の像。

水を止めたという。覇下がまた暴れるのではないかと危惧した禹は、自分を含む地上の人々すべての功績を石板に彫り、覇下に常にそれらを背負うよう命じた。かくして覇下は、ゆっくりとしか動けないようになったという。覇下の像は中国の古い建物に見つかる。甲羅に載せられた永遠に増え続ける石板の重みを考えれば、動けるだけでも驚異である。

❖ 七男──狻猊

虎のような格好の狻猊(へいかん)は残忍な面を持ってはいるが、真実と正義の思いを内に秘めている。狻猊は法執行機関や監獄の守り神になって、正義へと導く手助けをしている。

❖ 八男──負屓

文化、みごとな絵、すぐれた書道を愛する負屓(ふき)は、もしかすると龍王の息子のなかで最も洗練された龍かもしれない。この龍は立派な石板を見ると、抱きつかずにはいられない。詩が刻まれた石柱や飾り板に巻きついている、あるいは書家の筆置きに彫られている龍を見たなら、芸術のよさがわかる負屓の姿に違いない。

❖ 末息子──蚩吻

蚩吻(しふん)[鴟吻、鴟尾とも呼ばれる]は龍の9人の息子たちのなかで最も気ままだが従順でもある。龍というより魚に近いため、水が好きで泳ぎが得意だ。蚩吻はしばしば、火事にならないように、またもし火事になってもすぐに消えるように、木製の屋根の両端に彫られている。

❖上──鮮やかに色づけされた蚩吻の像が台湾の触口にある龍陰寺の屋根を彩る。

❖ **鳳凰**

　エジプト神話の不死鳥(フエニツクス)に相当する中国の鳳凰(ほうおう)は、色とりどりの鮮やかな羽と長い尾を持ち、吉報をもたらす存在である。龍同様、鳳凰にもいくつかの種類があり、それぞれが異なる威光を放っている。鸞(らん)は平和をもたらす5色の鳥で、鶬鶊(きょ)は清浄の鳥として、その肉を食べれば壊疽などの腐敗を免れることができると言われる。ほかに、9つの人面の頭を持つ強大な九鳳(くほう)や、それぞれが雄と雌の鳳と凰を合わせて鳳凰とする話もある。

　こうした5色の鳥は、ときに求愛、ときに楽しむために宙を舞う姿で描かれることが多い。天帝の帝俊はかつて、太陽が暮らす湯谷で5色の鳥たちと心を通わせ、地上にある祭壇を守る役目をその鳥たちに与えた。

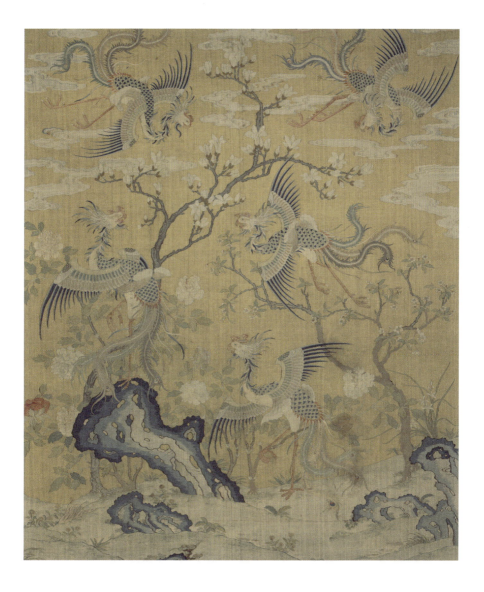

西方の西王母の山と諸夭の野に住む沃の民は、たくさんの鸞や鳳とともに、それらの卵を食べたり甘露を飲んだりして、自由に暮らしていたと言われている。鳳凰は、そうした不思議な5色の鳥たちはもちろん、すべての鳥類における至高の存在で、渤海に注ぐ丹水が

❖上──この鳳凰のつづれ織りからはこの鳥が持つ威厳が伝わってくる。明るい黄色は帝だけに許される色だ。

第3章｜神話の生き物　　079

流れる西の大雪山にいる。鉱物、金、翡翠が豊富なその地方は、かくも壮麗で明るく輝く鳥たちにとって完璧な居住地だったろう。虎の額の縞が漢字の「王」に見えるように、鳳凰の色とりどりの羽にもさまざまな美徳が記されているとみなされたようだ。頭の羽には「徳」、左右の羽は「義」、背の模様は「礼」、胸の模様は「仁」、そして腹には「信」が表れている。それほどまでに立派な模様がある鳳凰が姿を見せれば、その場所には必ず平和が訪れるに違いない。

　清浄、高尚、高潔と結びつけられる鳳凰は、天命を伝える使者の役割を担うようになり、王朝の権力構造に大きな変化が起きる前兆として、文学の神話的な要素として用いられている。たとえば、周の軍隊が商（殷）王朝の暴君を破ったときには、鳳凰が周の陣地に

❖下——鳳凰の装束を着て将軍岳飛と向かい合っている中国唯一の女帝、武則天（在位625－705）。

舞い降り、鳴き声を上げて新たな王朝の誕生を告げたと言われている。

初期の神話では鳳凰は雄でもあり雌でもある調和の取れた存在だった。それが変化したのは、中国史上唯一の女帝である武則天が唐王朝(618-907)を治めたときである。当時、通常は帝しか身につけられない龍の衣を女性である武則天が着てもよいかどうかについて議論が起きた。そこで武則天は、自分が玉座につくこと

❖下──河南にある龍門石窟に掘られた巨大な盧舎那仏の顔は、武則天がモデルだと考えられている。

第3章｜神話の生き物　　　　　081

が正当であると告げにくる鳳凰神話に目を向け、鳳凰こそが女帝のイメージにふさわしいとアピールして回った。最終的に、武則天は先代の帝の龍服と同じくらい豪華な鳳凰服を作らせたという。

それ以来、鳳凰は龍の威厳を補うかのように、女帝や女性貴族の権力の象徴になった。龍が水の力で圧倒する生き物であるのに対し、鳳凰は柔らかくて優美な火を連想させる。龍が常に変化を続けるのに対して、鳳凰は永遠の純潔だ。互いを補うような対照的な性質が人々の共感を呼び、恋愛や夫婦関係にまつわる芸術作品や慣習で両者の組み合わせが模倣されて、その概念は揺るぎないものとなった。鳳凰は、調和と夫婦円満をもたらすだけでなく、陰と陽の領域を行き来して死者の魂を冥界へ導くこともある。

❖ **亀**

中国で亀が神獣であることは奇妙に感じられるかもしれないが、清浄な動物としてのその存在は、巫師を

❖下——亀の形をした硯と蓋。甲羅には易の八卦が刻まれている。

❖ 愛の象徴

漢王朝（紀元前206–220）から続く神話では、鳳凰は愛の象徴として描かれている。昔、簫史（しょうし）という名の笛吹きがいた。この笛吹きが奏でる簫の音は美しく、鳳凰の鳴き声のようだった。ある日、簫史が簫を吹いていると、秦の穆公（ぼくこう）の娘が通りかかった。娘は伝説の鳥をひと目見ようと音をたどったが、代わりに笛吹きに出会い、恋に落ちた。結婚後、ふたりがともに簫を吹くと、近くにいた鳳凰の群れがやってきた。ふたりはその伝説の鳥に乗り、一緒に天へ飛び去ったという。

通じて霊と交流したシャーマニズムの時代から続いている。商（殷）王朝（紀元前1550–前1045）時代には、不思議な模様と隆起のある亀の甲羅が中国最古の書を記す紙の代わりになった。また甲羅は、戦争、天気、収穫といった国にとって重要なものごとの予言を含めて、宗教儀式や占いにも用いられた。

中国の神話には重大な計画の進行役として巨大な亀がたくさん登場する。宇宙の安定を維持するために欠かせない存在であるにもかかわらず、たいていは、どちらかといえばあまり動かないように見える亀は、天

❖下──巨大な亀の背にのる道教の八仙のひとり、藍采和。有名な画家、張魯の作品。

第3章｜神話の生き物

蓋を支え、神々が密かに訪れる島を背に乗せて運ぶ。そしてもちろん、玄武は四神のひとりとして天の4分の1を治めている。いくつかの神話では、洪水と戦った伝説の英雄、鯀は人間に生まれ変わった亀の精で、鯀の死後も治水に取り組み続けた彼の息子、禹のために緑色の土を運んだのも、巨大な亀だと言われている。

中国では、長い歴史の随所に亀の神話がたくさんある。道教の伝説には、黄河の神、河伯の使いに出ていた神秘の亀が漁師に捕まる話がある。亀が助けを求めると、夢のなかでそれを聞き届けた人間の王が亀を漁師から救った。ところが、亀が持つ能力に気づいた王は、解放するどころか亀を殺し、甲羅を使ってその後の72の戦いの結果を予知して、多大なる成功を収めた。こうして、嘆かわしくも、世に暴君が生み出されたという。ほかの神話では、河伯そのものが亀で、禹の前に姿を現し、すべての河川や湖の地図を授ける。おかげで禹は、世界中の水の流れ全体について理解を深めることができ、効率的に務めを果たすことができた。

> 高尚な神話では巨大亀は幸運をもたらす穏やかな存在だが、中国の民間伝承には肉を食らう亀の悪魔も登場する。

高尚な神話では巨大亀は幸運をもたらす穏やかな存在だが、中国の民間伝承には肉を食らう亀の悪魔も登場する。それらは小腹を満たすために海岸から平然と子どもをさらう。子亀が孵化する季節に卵を盗もうとする子どもならなおさらだ。たいていは人間より長生きする亀は不老不死で賢い印象を与え、ゆっくりとした動作は愛情と思慮深さのしるしに見える。そのため、亀は中国では長寿の象徴だ。頑丈で、ほぼ幾何学的な模様があるために、易経の八卦、五行、陰陽、そして

「道」のバランスを保つ存在だと考えられてもいる。

❖ 麒麟

　麒麟は中国の一角獣(ユニコーン)と呼ばれることも多いが、じつはまったく異なる。龍同様、麒麟もたくさんの動物の組み合わせで、雄羊の頭、馬のひづめ、たくましい狼の脚を持ち、胴は鹿だが蛇のようなうろこがあって、雄牛の尾と龍の角が生えている。

　麒麟にまつわる有名な話は、偉大なる指導者で思想

❖下——清王朝時代、麒麟は軍隊と結びつけられるようになった。これは陸軍高官の記章に刺繍されたもの。

第3章｜神話の生き物　　　　085

家の孔子が語っている。魯の国の貴族が西方で春の狩りをしたとき、さまざまな動物の特徴を持った不思議な野生動物を捕まえた。それがなんなのかも、どこから来たのかもわからなかったため、彼らは学者である孔子に相談した。傷を負った麒麟を見た孔子は泣き崩れた。弟子たちがその理由を問うと、孔子はこう答えた。麒麟は吉兆の獣だが、混沌の世に現れると傷つけ

❖**右**──孔子と仏陀が麒麟を抱いている清王朝時代の図。このふたりの人物を同時に描くことで、中国の思想、宗教、民間信仰の調和を強調している。

086

られる運命にある。

　西方の麒麟の話は春秋時代(紀元前770-前476)と特に漢王朝(紀元前206-220)時代を通して広く語り継がれた。麒麟が、慈悲、平和、社会の調和を象徴する縁起のよい生き物であるという考え方はさらに遠方へと伝わり、不正のない政治から穏やかな気候まで、結びつけられる美点はどんどん膨らんでいった。のちの五胡十六国時代(304-439)の神話では、孔子が生まれたときに麒麟がいたと言われ、その後は「男の子をもたらす存在」として知られるようになった。

　龍がその傲慢な性質から支配者にとっての吉兆であるのに対して、麒麟は貴族、学者、一般人に幸運をもたらす象徴である。気性は穏やかで、慈悲深く、優雅で、たとえば植物や小さな生き物、ほかの獣を踏むことなどけっしてない。麒麟のイメージはあらゆる伝統芸術、装飾品、建築、石碑に見られ、暮らしのさまざまなものごとと結びつけられており、地方によっては祝祭日に麒麟舞の儀式が行われることもある。悪事を働く者がいれば獰猛になることもあるが、たいていは穏やかな気性で完全な草食だ。草を踏みつけないほど慈悲深いことを考えると、自然に落ちたものだけを食べているか、もしくは麒麟がいるだけで、それが食べた分よりも多く植物が育つかのどちらかだろうと推定されている。また汚れた川の水を飲むことでも知られている。なぜなら、麒麟が触れただけで汚れた水も透き通ったきれいな水に変わるからである。

　ここまで述べてきたように、四霊は、崇高な神話の不思議な生き物として、また実社会の幸運の象徴として、中国神話できわめて大きな位置を占めている。そ

こへ貔貅(ひきゅう)を加えると、民間伝承で言うところの五瑞(ずい)獣(じゅう)になる。

❖貔貅

額に「王」の字に似た縞模様があり、角を持つこの虎は、中国人にとって力と正義の象徴である。古い神話では、虎は悪霊を食べる。そのため、虎の像や絵はしばしば家の守り神として出入り口に飾られている。

貔貅は中国神話のなかでもとりわけ獰猛な、虎に似た生き物のひとつで、中国西部からやってきたとも、西アジアからやってきたとも言われている。虎の体に龍のような形の頭と尾を持ち、2枚の短い翼がたたまれている。また脚は4本ではなく6本とする説もある。

❖下──1対の貔貅が入り口を守っていることがよくある。雄は大きな玉を持ち、雌には短い2本の角がある。

❖ 虎のような獣

中国神話の獣にはほかにも虎のような生き物がたくさんいる。たとえば、遠い北にいる黒緑の虎のような獣、貙獌は、イ族の祖先だと言われている。ほかに、人のいない山奥に住む神、彊良は、人身虎首で、歯と手で蛇をつかんでいる。神話の虎で最も印象深いもののひとつは陸吾で、これは人の顔、虎の体、鉤爪、9本の尾を持つ天界の神であり、神々の地上の住居である崑崙山を守るだけでなく、9層の天海の境界を巡回して、天帝の天の庭の四季を管理している。

のちの明(1368–1644)の時代の神話には、「旋風の黒虎」に乗った元帥神で財神の趙公明、別名玄壇真君が登場する。戦に召喚された趙が峨眉山の洞から下りてくると、金属のような鉤爪、剣のような歯を持ち、毛にはまだ最後の獲物の血がこびりついている獰猛な虎が飛びかかってきた。

乗り物が必要だった趙はまじないと絹のひもで虎を手懐けると、前線の野営地までそれで駆けつけた。野営地の兵は、趙が手を振って兵に呼びかけ、その猛獣は自分の乗り物だと説明するまで、野獣のほうが趙を襲い、はらわた（手綱代わりのひもがそう見えた）をくわえて引きずっているのだと思っていた。

貔貅には2種類あり、貔は雄で頭の角が1本、貅は雌で角が2本だ。貔貅は黄帝によって発見、訓練され、炎帝との戦いで勝利に貢献した猛々しい生き物のひとつであることから、ときに「天から幸運を運ぶ者」を意味する天禄と呼ばれることもある。貔貅にはまた「悪を追い払う者」、辟邪[避邪とも書かれる]の別名もある。

周の神話に姜子牙の物語がある。王朝の建国に寄与した軍師で政治家だった彼は、旅の途中で貔貅に出くわして、手懐けることに成功し、それにまたがって多くの戦場へと乗り込んだ。貔貅があまりにも戦いに長けていたため、周の武王はそれに称号を授けた。そのすさまじい戦いぶりを象徴するかのごとく、歴史のある時点から、貔貅の名は「勇猛な武者」と同義語になっ

> 乗り物が必要だった趙はまじないと絹のひもで虎を手懐けると、前線の野営地までそれで駆けつけた。

❖上——重慶の宝頂山にある趙公明の像。妻と並び、自分が手懐けた「旋風の黒虎」にまたがっている。

た。驚くまでもなく、貔貅は不運や悪霊に対する強力な守護者でもある。それらを食べ尽くしてしまうからだ。

　最古の神話では、貔貅はかつて食欲旺盛な天界の生き物で、天帝のお気に入りのペットのひとつだった。だが残念なことに、貔貅にはところかまわず糞をする悪い癖があった。ある日、何度言い聞かせても自分が通る道に糞があることに激怒した天帝が、貔貅の肛門を閉じてしまった。そのときから、貔貅はなんでも、とりわけ金銀財宝を底無しに食べ続けたという——実際、膨大な量を消化して溜め込む貔貅は、民間伝承では富をもたらす象徴になっている。一方、貔貅が体外に出せるものは毛穴からの汗だけになった。この汗は特別に食欲をそそるにおいを放つため、食べ物を求め

てあらゆる生き物が集まってくるが、逆にみな貔貅のえさになったという。貔貅をイメージした彫像、家具、工芸品は古代の建築物を飾っている。今日でも中国南部では、銀行の表に獅子ではなく貔貅が置いてあることがある。地方によっては元宵節の恒例行事として貔貅舞が披露される。貔貅は今も指輪や腕輪の翡翠の装飾として人気があるが、決まった向きで身につけなければならない。民間伝承によると、貔貅は人間の意図を理解しているという。現代の神話ではその性質に目が向けられ、富をもたらす貔貅が、人生に迷った者を助け、道を示してくれる神秘の巨像になっている。

❖下──陳文帝(陳蒨)の陵墓は、悪霊や墓荒らしを退けると言われる大きくて強そうな貔貅に守られている。

第3章｜神話の生き物　　091

●――その他の象徴

ここまでに述べた代表的な生き物のほかにも、中国の書物や芸術作品でよく取り上げられる獣はたくさんいる。

❖中国のライオン――獅子

獅子、つまりライオンはもともと中国にいなかったが、仏教の普及とそれに伴う貿易や文化の交流を通して、中国の神話で重要な存在となった。中国における本物のライオンの最古の記録は、のちにシルクロードとして知られるようになる有名な貿易路が武帝によって築かれた漢王朝(紀元前206–220)時代にある。ライオンは帝への貢ぎ物として、巨大な象、大宛(フェルガナ)の名馬、宝石などとともに中国に持ち込まれた。

❖下――北京の紫禁城の入り口を守る獅子の像。雌の獅子(左奥)は足の下に子獅子を、雄は玉を持っている。

中国の寺院や銀行、また地方の飲食店の入り口にも見られる丸々と太った獅子は、実際のライオンとはかけ離れた生き物で、龍王の息子の狻猊とも異なる。それらと共存しながらも、人気という点でそれらをしのぐ獅子は、仏教神話で重要な位置を占める生き物の話に起源がある。仏陀の誕生時、雪山から降りてきた500頭の獅子がおごそかに誕生地を守ったことはよく知られている。また、菩薩も獅子に乗っていた。守護神でもある獅子は多くの仏教の石窟にも置かれている。中国では、獅子の見た目を、シルクロードを通って輸入されたインドの芸術作品や物語の描写から判断するしかなかったため、大きな墓所を守る像を造った中国の石工たちが大いに想像力を働かせた。ゆえに、宋王朝(960–1279)時代の仏教の獅子は緑がかった黒色で頭は虎、長いたてがみはくるくると丸められ、犬のようなスマートな体つきをしている。

　文化の象徴として有名になるにつれて、獅子の彫刻や絵も、寺院や墓地だけでなく邸宅や宮殿といった重要な建築物に広く用いられるようになった。時代によって獅子のあるべき姿は異なる。漢時代の芸術家は獅子に1対の翼を足し、六朝時代(3–6世紀)にはより大きく角張った強そうな生き物として彫刻されたが、宋王朝(960–1279)では人を引きつける柔和な像に作られた。

　入り口で左右ひと組になっている獅子は雄と雌である。どちらにも毛玉のように丸められた「たてがみ」(かたまりの数が多ければ多いほど獅子が守っている建物の重要度が高い)があって、同じように見えるかもしれないが、いくつか異なる点がある。雌の獅子は片方の足を子獅

子の上に置き、背や脚にも幼獣がよじのぼっていることがあるが、雄の獅子はたいてい片足を色鮮やかに刺繍された福を象徴する玉、綉球(しゅうきゅう)の上に載せている。

　もっと大胆に、雄の獅子を解剖学的に正しく作らせることもある。雄と雌がそろっているのは、家系の繁栄と長寿の象徴だ。獅子の口に石の玉が入っていることもある。獅子の開いた口のなかで玉を彫ることは難しいため、それを作った彫り師は腕利きだとわかる。訪れた人が幸運を願って、口に手を差し込んで玉を転がすため、玉は時代を追うごとに滑らかになっていくに違いない。

　神話の獅子は時代に合わせて姿を変え続ける。今日、春節や新しい事業を始めるときに見られる獅子舞は、先史時代の巫師が行った「百獣の舞」の名残だ。現代の舞の理由は、招福から一般向けの余興までさまざまである。

　獅子は舞い踊りながらレタスのほうへと引き寄せられていく。レタスを意味する中国語の「生菜」は、富を集めることを意味する「生財」と発音が同じだ。獅子はご祝儀を包んだ紅包(ホンバオ)とともにレタスを「食べて」、建物に向かってレタスを吐き出し、来る年の事業の繁栄と富を授ける。

❖神話の鶴──仙鶴

　中国には世界に15種類いる鶴のうちの8種が生息している。いつの時代にも中国人は鶴に好感を抱いてきた。かつて鶴は、宮殿や役人の館で繁殖され、贈り物として渡された。漢族の神話では、仙鶴は大きな幸運を呼ぶ生き物である。おそらくタンチョウであろう

その鳥の白い羽毛は清らかさの象徴であり、幸運を示す頭頂の赤、美しくて長い首と脚がそれを引き立てている。独特な力強い鳴き声は何キロも先まで響き渡り、華麗な翼を広げて飛び立てば、この世界の外まで行く

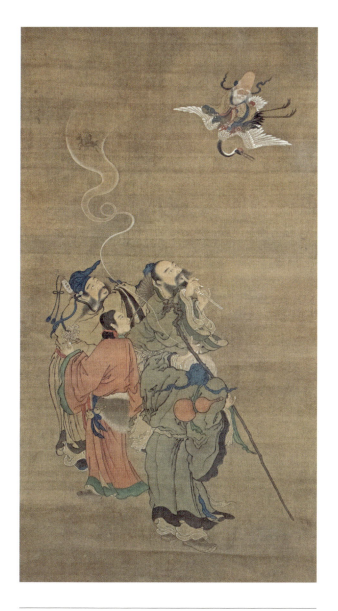

❖左──長寿の神、寿星が、待ち構える仙人たちのもとへ、巨大な鶴に乗って下りてくる。

かのごとく雲を越えて舞い上がる。

　仙鶴は、天師道の教祖、張道陵によって不朽の名声を与えられた。張はみずからを、永遠不滅の賢者である老子に任命された天師だと主張し、自分が「道」をきわめた場所として鶴鳴山の神話も作り上げた。そこには鶴にまつわる建築物が山ほどあるという。張はまた巨大な鶴を乗り回していたことにもなっている。時が経つにつれて、仙鶴は神々の乗り物と同義語になり、神仙が鶴にまたがって飛び回るイメージが普及した。

　タンチョウの寿命が長いことも不老不死との結びつきに貢献している。長寿の神、寿星は鶴のほか、亀、鹿、松の木といった長寿な生き物とともに描かれていることが多い。天界の鶴は最高位の役人の装束を身につけており、仙鶴は神話の鳥のなかで鳳凰の次に位が高い。

❖九尾狐

　中国で狐の話をすると、ほとんどの人の頭にすぐ思い浮かぶのは神話の生き物としての狐で、人を惑わす肉食の動物霊である狐狸精や、力持ちで人懐こい狐仙に気をつけろと声をかけられる。なかでも九尾狐は最古にして最強と言われ、中国神話で最も複雑な生き物へと発展している。

　古代の神話によれば、9本の尾を持つ狐は、海を越えた東方の朝陽谷に住んでいる。日が当たる側に翡翠が豊富に存在する南方の青丘と呼ばれる山にもいる。九尾狐は赤子のような声で鳴き、なわばりに入った人間をひとり残らずむさぼり食うが、この狐の肉には悪魔や悪霊から身を守る効果がある。つまり、古代の神

❖**左**——九尾の狐は悪賢い女と結びつけられる。商（殷）王朝の紂王の妾、妲己もそのひとりだ。

話においてさえ、九尾狐には矛盾するイメージが含まれているのだ。この狐がのちに神話の生き物として発展したゆえんはそこにある。

　春秋時代（紀元前770–前476）には九尾に限らず、狐を見つけると縁起がよいと考えられていた。「九」は、永久の「久」と同音で、陰陽の陽の最高の状態を意味する。九尾狐は生殖と繁殖の究極のシンボルだった。漢王朝（紀元前206–220）時代ののちの神話では、九尾狐は月のうさぎやヒキガエルと並ぶ長寿の象徴である。儒教の神話では、この狐は智、仁、勇の三徳を授かった生き物として描写され、赤褐色の毛皮が儒教の重要な原理である中庸（赤いけれどもぼかされた色合い）だと言われた。秦王朝（紀元

> 九尾狐は生殖と繁殖の究極のシンボルだった。

前221–前206)では、九尾狐は徳の高い支配者が即位する予兆となり、王朝史の記録の多くで神話を作るにあたって欠かせない存在となった。

けれども、晋(266–420)、魏王朝(386–535)、南北朝時代(420–589)になると、権力の座が次々に移り変わり、だれもがこの縁起のよい動物を利用して自分こそが天

❖下──日本の伝説では、中国で帝たちをたぶらかした妖狐が、近隣の国に運試しにやってくる。

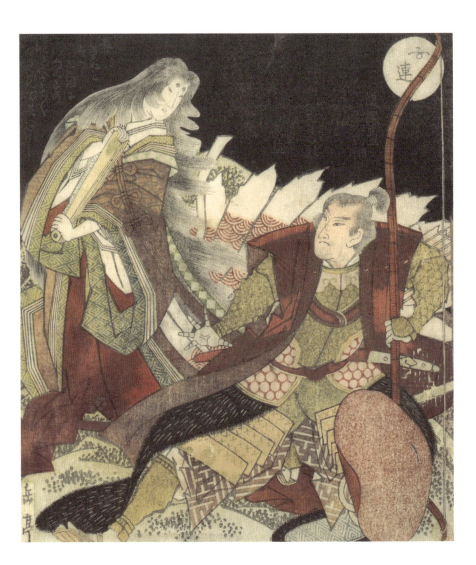

命を授かったと主張したために、狐は早々に混沌と無秩序の象徴になってしまった。そうなるともう、九尾狐が悪者扱いされるのは時間の問題でしかなかった。

　明王朝(1368-1644)時代に登場した神話には、暴君だった紂王（ちゅうおう）に、彼が滅ぼした蘇の国から美しい女性が遣わされた話がある。じつは九尾狐の悪魔が化けていたこの女性が紂王を惑わせたために、王は言語に絶する悪行を重ね、道楽に溺れるようになり、みずからの臣下に滅ぼされて、商（殷）王朝(紀元前1550-前1045)の支配が終わった。神話では、この女性の行動は女神、女媧の命を受けたもので、暴君の退位を早めて公正な支配へと導くことが目的だったと明確に述べられているにもかかわらず、描写は邪悪な妖婦そのものだ。もはや戦争で分断されているわけでも、絶対君主に縛られているわけでもない今日の中国では、九尾狐のイメージは、めったに見られない美しくて強い生き物へと回帰しており、困っている人々を助ける機知に富んだ神として行動するとも、自然に恵まれた太古の青丘へ戻っているとも言われている。青丘は美しい狐の女王が治める国で、世継ぎの九尾狐の姫は自分の職務を放り出してほかの王国へと冒険に出かけるが、やがて世界を救うために大悪魔と戦い、後を継ぐべく国へ帰る。

❖ **雷獣——雷公**

　気象現象のなかでも特に強烈で、多くの文化で神として祀られているものと言えば、やはり雷である。そのすさまじい衝撃と、誕生してまもない国に暴風雨がもたらす影響を考えれば、この現象の説明として、古い中国神話の随所に多くの物語や伝説が存在すること

は驚くにあたらない。

　雷獣のひとつは、東の荒野にある流波山に住む夔である。肌が黒く、雄牛のようだが角がなく、脚が1本しかない夔の体は、太陽や月のように明るく輝き、声は雷鳴のようだった。蚩尤との戦いで夔を殺した黄帝は、骨と皮で太鼓を作った。その音は何百里(中国の1里はおよそ500メートル)も響き渡ったという。もう1頭の雷獣は、東の雷沢に住み、丸々と太った、人の顔を持つ緑色の龍だ。この龍は腹をたたくのが好きで、世界に雷鳴を轟かせた。

　こうした雷獣はのちに人の姿をした雷神、雷公へと統合されたが、獣のような特徴も多く残っている。絵のなかの雷公は丸い皮の太鼓の縁を斧や槌で激しくたたいており、その姿にはほぼ必ず一種の動物的な、あるいは悪魔的な異形が含まれている。明王朝(1368–1644)と清王朝(1644–1912)のころまでにはそれが、青緑の肌、猿のような顔、たくさんの目、とがった口、翼や鉤爪が生えている体へとまとめられた。

　漢族の神話の雷公は失敗の多い不器用な神で、ややもすると自分の仕事をきちんと実行できない。たとえば、義母に暴力を振るう娘に罰を与えようとしたときには、頭から布をかけられてどうにも動けなくなってしまった。この神が、誤って異なる人を雷で打ったお詫びのしるしとして、傷を治す魔法の軟膏を足元に落としていく話はたくさんある。

　不器用な雷公には重要な仕事の遂行を助けてくれる伴侶が必要だった。そこで、唐王朝(618–907)の神話では、雷公に電母、別名閃電娘娘があてがわれている。この妻は夫と同じくらい荒々しい。たっぷりとした髪

❖右ページ──雷獣である雷公の姿は長い年月のあいだに徐々に人に近づいたが、鳥のような生き物である古い描写が最も印象的である。

第3章｜神話の生き物

❖**右**──マレーシアの品仙寺（大伯公廟）のレリーフにある雷公は、くちばしと翼を除けばほぼ人間だ。

は真紅で、両手に3本ずつ指があり、その手に、不当な行いをした者を太陽の光で照らしだす大きな鏡を持っている。おかげで、夫は正しい相手に適切な処罰を与えることができるようになった。

> ❖ 神獣神鳥
>
> 　中国の生き物については2冊の傑作がある。ひとつは、今なお中国の映画やファンタジーに登場するモンスターのモデルになっている『山海経』だ。これは戦国時代（紀元前475–前221）から漢王朝（紀元前206–220）にかけて編纂されたもので、各地の地理、珍しい野生動物、植物、民間伝承、儀式、慣行が記されている。不思議な生き物の話はもちろんだが、巨人や神仙といった普通ではない人間も概説されている。記載事項は短く、簡潔で、少し遠出をしただけでそうした生き物に遭遇しそうな雰囲気である。
>
> 　もうひとつは、巨大な白猫のような生き物が黄帝に語ったとされるもので、世界を歩き回る11万1000種類の風変わりな生き物の目録だが、その逸話そのものが神話のできごとのようだ。

　道教があまたの神々を整理して、雷震子や陳文玉——太鼓をたたく36人の部下を監督し、風、雨、雷を調節する責任者として、天界で雷と嵐の部門を統括する人物——など、完璧な人間の姿をした雷神が現れたのは、それからずっとあとのことである。

❖ 目録を作る猫——白澤

　この不思議な生き物は羊ほどの大きさだが、大きな白猫に見えるかと思えば、人の顔を持つとも言われている。いずれの話にも共通しているのは、人の言葉を完璧に解し、話すという点だ。すべてのものごとに精通しているため、特別な人の前にしか姿を現さない傾向がある。

　白澤という名が生物種を表すのか、個体なのかは不明だが、伝説の帝、黄帝は東海を旅しているときに恒山でそれに出会った。白澤は黄帝に自分が遭遇してきた数千種もの悪魔、怪物、霊について語り、黄帝がそれらを図に記したという。それがのちに白澤図として

知られるようになった。

　黄帝はその後、白澤を自分の国から悪魔や悪運を消し去る存在として公に知らしめた。民は白澤の絵を家に掛け、枕に縫いつけた。軍隊は白澤が悪者を倒す力を授けてくれるよう、旗にその姿を記した。白澤図そのものは年月とともに失われたと考えられているが、『山海経』に含まれるいくつかの神話の糸口になった可能性はある。

❖ **精衛**

　精衛(せいえい)は一面に桑の木が生えている北方の発鳩山に住む鳥である。形はカラスのようで、頭に模様があり、口周りの羽毛は白く、赤い鉤爪を持っていた。この鳥はかつて炎帝の末娘だったが、ある日、東海へ遊びに出かけたときに荒波にのまれて溺れ、死後、精衛へと生まれ変わった。この鳥は毎日、自分を溺れさせた海を枝や石で埋めようと山と海を往復する。それは終わりの見えない無理な仕事だ。そのさびしい鳴き声が精(チン)衛(ウェイ)と聞こえる。精衛は帝女雀や冤禽と呼ばれることもある。

❖ **風の魚──鯤鵬**

　昔、北海に鯤(こん)と呼ばれる巨大魚がいた。どれほど大きかったのかはよくわからない。何百年という時を経て、その魚が空へ舞い上がり、鳥のような翼を生やして、鵬(ほう)になった。鵬が広げた翼が何千メートルあったのかもだれも知らないが、その姿は空の端にある雲のように見えた。風が上向きに吹くと、鵬は空の端で数万メートル舞い上がり、空の端にとどまった。鵬が南

海へ飛ぶと眼下の海は池のようでしかない。自分が空で最大の生き物であることに満足した鵬が、急降下して波へ飛び込むと、飛び散らした水が洪水となって陸に押し寄せた。それほど高く、遠くまで飛ぶなどばかげていると、セミや鳩や燕は鵬を笑ったが、そうした短命な生き物にかくも長寿な存在の望みなど理解できるはずもない。

　伝説によれば、鯤鵬は海深くに潜るか、空高く舞うというその旅を果てしなく繰り返しており、だれもその姿を見つけられない。巨体であるにもかかわらず、すばやく飛び上がったり下りたりするため、船が揺れる直前に一瞬尾がひらめくのが見えるだけだ。鯤鵬が海にいるときは、ぐっすり眠っている。太古の昔からいる「道」に満ちたこの生き物が見る夢は現実になるという。もしかするとその翼も、最初は夢だったのかもしれない。

❖ 蚩尤

　中国できわめて有名な神話の生き物といえば蚩尤だろう。蚩尤はまた太古の戦の神でもある。さまざまな古い神話によれば、蚩尤は動物の体に青銅と鉄の頭があったが、人間の言葉を話し、剣、斧槍、矛といった多くの武器を発明した。別の物語では、体は人だが頭に角があり、石を食べることから内臓が鉄だったようである。4つの目で戦闘中に周囲をくまなく見渡すことができ、6本の腕それぞれに異なる武器を構え、頭の突起を利用して頭突きで敵を傷つけたり、持ち上げて突き刺したりした。獣のような特徴を持っているため、戦いの陣形をひと飛びに越えて、遠方の敵兵の上

❖ 左ページ——縁起のよい生き物である白澤はときに巨大な白猫を思わせるが、人面の雄牛と表現されてもいる。

に着地することもできた。

　この説では、蚩尤は炎帝の子である。彼は、自分の父との戦いに勝利した黄帝が玉座を奪い、父の代わりに国を支配していることをずっと不満に思っていた。黄帝の家来の地位に屈し続けるなど耐え難い。我慢できなくなった蚩尤は、自分と同じように鉄の頭と銅の顔を持つ軍を率いて反乱を起こし、初期の中国神話で最大の戦を始めた。戦いは果てしなく続き、両軍とも強力な神々や伝説の生き物を援軍に呼び寄せた。蚩尤が集めた多数の神話の獣たちは、まるで狩りでもしているかのように涿鹿(たくろく)の野で黄帝の兵を追いかけた。一方、黄帝は正面から蚩尤とぶつからずに策略を用いる。まずは1本足の伝説の獣、夔の皮で太鼓を作らせた。すると蚩尤の怪物の一部がその音で方向を見失った。黄帝はまた、龍の咆哮のような角笛を兵に吹かせて獣たちを脅かし、さらに後退させた。

　翼を持つ応龍が黄帝の援護に回ると、蚩尤は風伯と雨師(風神と雨神)を呼び出した。彼らは破壊的な豪雨をもたらし、黄帝軍を足止めする。すさまじい風は、兵の手から武器を吹き飛ばし、馬と兵を宙に持ち上げて一掃するかのごとく吹き荒れた。風が止むと、濃い霧とじめじめしたもやが辺りを覆い、兵を骨まで凍えさせ、視界を奪った。

　黄帝はみずから発明した方位計で軍を導きながら、洪水の水を集めて敵を残らず流し去るよう応龍に頼む。ところが、蚩尤軍の攻撃は激しさを増すばかりだ。黄帝軍は支配権を失いつつあった。兵と馬の多くはすでに流され、一部は新たな洪水に溺れかけており、残りは嵐で武器をなくした。かろうじて立っていた者たち

は、胸まで水に浸かっている。黄帝はいよいよ、山に閉じ込めていた自分の厄介娘で干ばつの神の魃を呼び寄せざるをえなくなった。自由になって喜んだ魃は山から下りてくると、川や湖にちょうど足りるくらいの量を残して余分な水をすべて飲み込んだ。そうして、再結集した黄帝軍は、その激しい怒りを蚩尤軍へと向けた。一方の蚩尤軍は、兵が戦闘準備を整えているにもかかわらず神々の力にばかり頼る蚩尤にうんざりして士気が下がっていたため、不意をつかれた。

ついに黄帝軍が勝利を収め、その伝説の帝が国の支配を維持することになった。けれども、この大戦争の影響は永久に残った。魃が山に戻ることを拒み、大地を放浪しては、しばしば混乱や破壊をもたらしたのである。世界がたびたび干ばつに見舞われるのはそのた

❖下── 中国の少数民族ミャオ族が、祖先をたたえる行列で、青銅と鉄でできた蚩尤の頭を模した面をかぶる。

第3章｜神話の生き物　　　107

めで、ときに干屍（かんし）——墓から出てきて生きている人を襲う死体——に魃の霊が宿っていると言われる理由もそこにある。敗北した黄帝の家来、蚩尤は処刑され、ばらばらにされた。死ぬ直前、枷をはめられた蚩尤は激しく抵抗した。死後、枷は野に捨てられ、楓（かえで）の木になった。毎年、楓の葉が赤く色づくのは、蚩尤の激しい怒りの表れだと考えられている。かくも強力な反乱軍を排除した黄帝の治世はその後、不和や不安定な時期が続いた。黄帝の家来は、蚩尤の肖像を使って騒動を起こしそうな者たちに警告を与え、問題を未然に防いだ。

中国南西部の少数民族ミャオ族の神話は、たいへん興味深い別の視点から、自分たちの祖先とみなされている蚩尤を捉えている。その物語では、漢族に敗北したあと、彼らの部族は南西の山々へ逃げ、そこに落ち着いて今日にいたっている。ミャオ族の神話では蚩尤は生きている。蚩尤は山を駆けめぐって長い棒を立て、赤い帯を結びつけると、あし笛を吹きながらその周りで踊るよう民に命じた。するとその音が、隠れていた民をさらに引き寄せたという。棒に結ばれた赤い帯は「蚩尤旗」として知られるようになった。

> 蚩尤は長い棒を立て、赤い帯を結びつけると、あし笛を吹きながらその周りで踊るよう民に命じた。

❖災いをもたらす生き物

中国の土地は自然災害に見舞われやすいため、神話や民間信仰にはありとあらゆる災難の前兆が存在しているようだ。そのなかのひとつは水が濁った陰山に住む天狗（てんこう）である。この獣は頭が白い毛に覆われ、体は狐のようで、猫のような声で鳴き、悪い知らせの前触れ

となる。畢方（ひっぽう）は章莪山にいる鳥で鶴に似ているが、緑色の羽に赤い模様があって、くちばしが白い。足が1本しかないと言われており、この鳥が止まった建物や舞い降りた小麦畑は燃えつきて灰と化すという不気味な特徴がある。それとは対照的に、崇吾山に住み、蛮蛮（ばんばん）とも呼ばれる比翼鳥（ひよくちょう）は、翼と目がひとつしかなく、2羽で対にならないと飛ぶことができない。そのため夫婦円満や永遠の愛のシンボルになっているが、この鳥が田畑や河岸にいるときは、破壊的な洪水の前兆である。

　小次山の朱厭（しゅえん）は猿のような体に白い顔で、赤い手足を生やしている。その姿を見かけたら、今にも戦が起こる確かなしるしだ。夫諸（ふしょ）は萸山にいる巨大な白鹿で角が4本ある。穏やかな性格だが、入念に毛皮の手入れをするため、きれいな水を求め歩く。町の近くで見かけたら、間違いなく大洪水や豪雨の前触れである。肥遺（ひい）は逆に、水を忌み嫌う。6本足で翼を持つ蛇、もしくは体がふたつある蛇のように見えるこの生き物は、斧で彫られたような形をした西の太華山にいる。肥遺が姿を見せると、ひと月以上も続く干ばつになり、川も干上がってしまうだろう。

❖上──畢方は鶴と間違えられがちだが、足は1本で、羽毛に独特な模様がある。

❖癒しを与える生き物

　中国のことわざでは、蛇に噛まれた傷は7歩歩けば治ると言われ、「道」のバランスによっていかなる不測

❖下──福建省の静湖公園にあるこのレリーフ像は、精衛が痛ましい死を迎えて「冤禽」になってしまったことを物語っている。

の事態にも備えがあると考えられている。神話の生き物にも、病をもたらすものがあれば治癒をもたらすものもある。たとえば、肥遺は干ばつの前兆だが、その肉は乾季によくある病気や寄生虫に対する良薬となる。

旋亀は南の杻陽山から流れだす神秘の小川に住んでおり、鳥の頭と蛇の尾を持つ黒緑の亀で、丸太が裂ける音のような鳴き声を出す。この亀を持ち歩くと聴力を失うことがなく、皮膚のタコが治る。丹熏山に住む耳鼠は、うさぎの頭とへらじかの目を持ち、犬のように吠える空飛ぶ齧歯類で、その肉を食べると胃の不調やあまたの感染症が治る。横公魚は赤いうろこを持ち、氷の湖に住んでいて、昼は潜っているが、夜になると人の姿で水から出る。鱗は貫けないほど硬いが、もし手に入れられたなら、烏梅ふたつと一緒に煮出せば狂気を治療できる。

　冉遺魚は、涴水という川が流れる英鞮山で見つかる。この魚には6本の足、蛇の顔、馬の耳のような形をした目がある。肉は悪夢を防ぎ、厄除けになる。翡翠が豊富にある北の帯山には䑏疏がいる。馬のように見えるが、頭に角が1本あり、それが横方向に枝分かれしていることもある。䑏疏がいると火災から身を守れる。当康はイボイノシシによく似た大きな獣である。東の欽山に生息し、みずからの名を呼ぶような鳴き声を上げる。当康が現れると豊作になる。

> 冉遺魚は、涴水という川が流れる英鞮山で見つかる。この魚には6本の足、蛇の顔、馬の耳のような形をした目がある。

❖ 珍しい生き物

　中国の神話に登場する生き物がみな善か悪かに分類できるわけではない。人を食う生き物でさえ、人間が彼らのなわばりに踏み込んだときにだけそうすることが多い。中国の神話や民間伝承の生き物の多くはたんに人の目に珍しいものと映る。

苦山に住む山膏(さんこう)は、燃えるような赤色の猪で、小言を言いながら人を追い回すのが好きだ。巫咸国の東には、体の両端が頭になっている、屏蓬(へいほう)と呼ばれる豚のような生き物がいる。驚くまでもなく屏蓬はけっして行きたい場所にたどりつけないが、どちらの口から食べたものでもみな消化しているようである。

　南の氐人国には巴蛇(はだ)と呼ばれる巨大な蛇がおり、その体には緑、黒、黄、赤と多色の縞模様があった。巴蛇は象を食べるが、丸ごと飲み込むため消化に3年かかる。消化が終わったあとに吐き出される骨は、心臓など内臓の病気の治療に用いられる。ほかに、背中に隆起した角がある、狐によく似た生き物は乗黄(じょうこう)と呼ばれる。これは海を越えた白民国にいる。数分でもそれにまたがれば寿命が2000年延びるが、すばしこく動き回るうえ背骨の形が乗りにくいため、成し遂げた者はほとんどいない。

第4章

神と仙人

中国漢族の最古の神話は、数十の少数民族で語り継がれてきたたくさんの神話と同じように、道教、仏教、儒教の3つの信仰体系に合わせて変化してきた。それらの信仰はさまざまな歴史を経て異なる時代に定着したもので、それぞれに系統立った神々がいる。そして神話は互いに、また脈々と語り継がれる地方の民間伝承と影響をおよぼし合いながら、混ざり合ったり枝分かれしたりしている。

●――至高の女神――西王母

西王母は中国神話における最古の神のひとりで、中国の母系のルーツだと言われ続けている。現在は、年配とはいえ威厳ある女性の姿で描かれている――高貴な装束、翡翠の装飾、凝った頭飾りを身につけ、杖や瓢箪など地位と権力を象徴するものを携えている――が、当初の風貌はまったく異なっていた。

古代の文献には、西王母は半身が人間の女性で残り

❖左ページ――西王母は最高位の女神である。天界へ上がったすべての女性はこの女神の支配と守護のもとに生きる。

❖上——この扇絵には西王母の誕生会のようすが描かれている。3人の道教の仙人がこの道教の神々の女王に恭しく敬意を表している。

が虎で、長く乱れた髪、牙、尾があると記されている。その姿は嵐をはじめとする自然災害を支配する処罰の女神が具体化したものだった。もしかすると、狩りで手に入れた虎やヒョウの一部を戦利品として身につけたことで知られている、西部の部族にいた巫師の首長に起源があるのかもしれない。

　西王母の穏やかな姿の原点は、崑崙の瑶池(ようち)に近いこの女神の住居でもてなされたと主張した周の穆王(ぼくおう)にあるようだ。こちらの西王母は、自分が玉帝の娘である

ことをほのめかしているが、のちに改められた話では、娘ではなく妻で、天女すべての祖先とみなされている。西王母はまた、長寿や不老不死をもたらす、あるいは死者を蘇らせるという天界の桃、蟠桃(ばんとう)でもよく知られている。

●──至高の神──玉帝

　天にも朝廷があるという考えが根づき、古代中国の朝廷における上下関係や横のつながりが神話に反映されるようになるにつれて、天帝が持つ全能かつ至高の神の力は、より人間に近くなり、定義が明確になって、ある意味限られた役割に変化した。

　その変化の途上にいるのが帝俊で、おもに初期の神話に登場する。帝俊はいくつもの太陽と月の父だが、ほかにもこの帝の力を受け継いだ有能な子孫がたくさんいる。たとえば横笛とチター[琴のような弦楽器]を発明した晏龍(あんりゅう)、たくさんの工芸品を作った義均(ぎきん)、船を造った番禺(ばんぐう)、穀物と農業をもたらした后稷(こうしょく)がそうだ。帝俊はたいてい空を舞う5色の鳥とともに描かれている。この鳥たちは帝俊が地上を訪れた際に懐いたとされ、多くの点で鳳凰に似ている。帝俊の人気は当時大きな影響力を有していた殷族の慣習に左右されたようである。この民族の力が弱まるとともに、帝俊を取り巻く神話の数も減少した。

　天を支配した帝のような存在としてより広く受け入れられているのが玉帝である。公式な道教の神話では、彼は光厳妙楽国の太子として生を受けた。国王と妃は長く子どもを望んでいたがなかなか授からなかった。するとある晩、妃の夢に太上老君(たいじょうろうくん)が現れた。そうし

❖**右**——帝俊は最古の最高位の神である。玉帝としても知られる彼は天の支配者で、「道」にのみ従っている。

て生まれた男の子は驚くほど賢く有能で、やさしく親孝行、また、なにごとにおいても秀でていた。太子は父の後継ぎとして育ったが、のちに王位を捨て、「道」の修養を積んで人々を助けようと山に入った。そして3200もの試練をくぐり抜けたのち、天に上り、玉帝となった。

　道教では玉帝を正式に、北極紫微大帝、天皇大帝、后土とならぶ四御(しぎょ)のひとりとみなしている。この4人

は道教の最高神格である三清――元始天尊、霊宝天尊、道徳天尊――に次ぐ地位にある。しかしながら、一般社会にはこの考え方はあまり魅力的ではなかったようだ。

　唐王朝(618-907)時代の作家は玉帝を天帝と結びつけ、両者を区別せずに書物に記した。その後、帝の地位を強奪した宋王朝(960-1279)の太祖が、みずからの支配権強化に帝の名を利用しようと、玉帝を最高位に据えた。人々は、朝廷の装束を着た人間の姿の帝が天界を駆け回るという見解を喜んで受け入れ、しばしば玉帝を寺院の中心に置いて、その周囲に三清四御を配置した。そして民間伝承では次のように、張という人物の物語に玉帝の起源が作られた。

　秩序を保つ真の指導者を欠いていた天は、常に混乱した不安定な状態にあった。太白金星と太上老君はすべての神々を集め、最高位の指導者を決めるよう求めた。風、火、雷の上位の神々がいずれも自分こそふさわしいと思って志願したが、ほどなく争いになってしまった。腹を立てた太白金星と太上老君はこっそり抜け出して、最適な人物を地上で探すことにした。

> 物乞いになりすました太白金星は、裕福な人々が寛大で貧しい人々が幸せな張家湾の町へと下りた。

　物乞いになりすました太白金星は、裕福な人々が寛大で貧しい人々が幸せな張家湾の町へと下り、そこで高麗人参のスープを1杯もらえないかと頼んだ。通りがかりの人々は金銭や食べ物を分け与えようと申し出たが、物乞いはかたくなに高麗人参のスープでなければだめだと言う。やがて、村の長老だった張百忍がやってきて物乞いを自宅へ連れ帰り、貯めてあった金

を手に取って、スープを作る新鮮な高麗人参を買うために出かけていった。物乞いはそこに何日か滞在したが、高麗人参以外のものを口にすることを拒み、張はその願いを聞き入れた。やがて、張こそが天を統べるにふさわしい候補だと確信した太白金星は正体を明かし、驚く長老に使命について説明した。張は太白金星の力で天に上ると、仕事に取りかかり、行政の問題を片づけ、神々のあいだの争いを解決し、必要な職務に担当者を任命した。そうして諸々の問題を解決したあ

❖**右**──無錫にあるこの玉帝の偶像は高さが38メートルある。中国の寺院に見られる巨大な彫刻の典型だ。

❖上──太白金星のこの偶像は中国の各家庭に祀られている小さな像の典型である。

とで、張は即位して、玉帝の称号を得た。最も貴重な石だと考えられている「玉」、すなわち翡翠は、汚れ(けが)のなさと不老不死の象徴であり、邪を払う力があると言われている。

　天、地、海の3つの領域全体、十方と六道の正式な支配者であるだけでなく、「道」の正しい流れと冥界の機能を維持する責任も負っている玉帝は、人々の心に全能の神と映った。たとえ帝の支配下にある者のほうが強そうに見えたとしても、その彼らでさえ帝に服従していることが、かえって全能のイメージを強くした。やがて、彼は玉皇大帝として知られるようになった。

●──老子

　実在した英雄、発明家、指導者が神話として根づくことは中国では珍しくない。老子がまさにそうである。

第4章｜神と仙人

❖右ページ──紀元前6世紀の学者だった老子は道教の最初の思想家となり、中国の神々のひとりとみなされるようになった。

楚の思想家で学者だった老子は驚くほど博識で、周王朝（紀元前1046ごろ–前256）時代の国の蔵書と公文書の管理者だった。この賢人は王朝が衰退すると引退して隠遁生活に入ったが、激動の時代にこそ彼の貴重な知識が必要だと請われたため、『五千言』の執筆に取りかかった。そして書き終えると、姿を消した。老子は160歳まで生きたと言われており、その知恵と学識から孔子にも尊敬されている。そのうえ、失踪が謎に包まれているとあらば、もはや伝説の人物になることは避けられない。

　学者としての老子の人生は、漢王朝（紀元前206–220）の張道陵によって道教が形になるまで、宗教とは無関係だった。張は、孔子や仏陀と肩を並べるほど民衆に崇められ尊ばれているような影響力の大きい賢人を、自分の宗教の中心に据えたいと考えた。そこで、自分の教えをすべて老子の名言として広めることにした。『五千言』は『道徳経』と呼ばれるようになり、老子は太上老君という名誉ある称号を得た。この伝説上の老子

❖老子と猿王

　天界での自分の扱いに不満を募らせた猿の王、孫悟空は、暴れ回って、西王母の蟠桃会が準備された広間へ乱入し、不老不死の桃の酒を飲んで酔っ払った。それが見つかると、今度は「太上老君」と書かれた部屋、つまり老子の住居に逃げ隠れた。部屋にはたくさんの丸薬ととても貴重な霊薬が入った瓢箪があったが、この猿の王は欲張ってそれもみな飲んでしまった。猿が最後の1滴を口に振り入れていたとき、老子が部屋に入ってきた。老子は、罰として猿を鉄製の炉に投げ込み、丸焼きにして薬を取り戻そうとした。ひょっとすると猿を灰にしようとしたのかもしれない。けれども、この猿の魂は天の火では燃えなかった。代わりに、骨が鉄のように硬くなり、煙で目が黄色に変わり、猿はものごとの本質を見抜く能力を得た。

第4章｜神と仙人

は、「道」を含む万物のもとである原始のエネルギー「気」から生まれたとされ、81年ものあいだ胎児だったために、誕生時にはすでに白髪になっていたという。老子が天の学者として道教の中心的存在になるころには、体が星々や宇宙そのもので構成されていることになり、姿も偉業もまさに神としか言いようのない状態にエスカレートしていた。身長は2メートル70センチ、耳たぶは十数センチもある。目は紫色、15センチもある眉は緑色で、鼻腔からは紫色の天の霧が出ている。天界では金銀、翡翠の宮殿で暮らし、200人以上の神仙たちが仕えていた。

　老子の「道」の原理はあらゆるものごとを対象とする。道はすべての物質と非物質に存在し、知覚されるものすべてを結びつけているが、ただ感じられるだけで、説明できるものではない。老子は、不老不死の探究と、なにも望まない静かで簡素な暮らしというやや矛盾した目標を掲げた。己を鍛える行いは修練と呼ばれるようになり、道教を信仰する者に欠くことのできない条件になった。

> 伝説上の老子は、「道」を含む万物のもとである原始のエネルギー「気」から生まれたとされる。

●──海の女神──天后

　神話によると、海の女神である天后は、当初は福建省湄洲島に住む林黙という名の女性だった。ある晩、母親が夢のなかで観音から霊薬を授かった。目を覚ますと本当に手に小さな瓶を握っていたため、霊薬を飲んだ。すると、14か月後に林黙が生まれた。林黙は不思議な子どもで、神秘な存在や聖なる存在と結ばれているかのごとく、5歳のときからだれに教わるとも

❖ **左**——天后の巨像は中国沿岸部の寺によくある。像は必ず、海にいる漁師や船乗りがよく見える向きに建てられている。

なく経を唱えることができたという。最も驚きだったのは、林黙にはどうやら未来を視る能力があったことだ。とりわけ海に関しては、本能的に海の「調子」や、旅や漁に適した時期がわかった。

　ある日、林黙の父と4人の兄がそれぞれ異なる船で漁に出かけた。その夜、眠っている林黙がもがいているのを見た母は、悪い夢でも見ているのかと娘を起こした。すると林黙は悲しそうに、長兄が危ないと言う。海では嵐が起きていた。林黙が語るには、自分は夢のなかで父と兄全員を助けようと、左右の腕にひとつず

> とりわけひどい暴風雨のなかで、林黙は疲労のあまり海へ落ちてしまった。

つ船をつなぎ、2隻の引き綱を手に持って、最後のロープを歯でつかんでいた。だが、母の呼びかけに答えるために、長兄の船につながっていた、口にくわえたロープをやむなく離してしまった、と。

翌日、林黙の父と兄たちは無事に戻ってきて恐ろしい旅の話をした。今にも転覆しそうになったとき、まるで平らな道を歩いているかのように波の上を歩く女性に助けられたと言う。波でひっくり返った長兄の船だけは失ったが、陸に近い場所だったため、長兄は泳いでどうにか岸にたどり着けたらしい。

林黙は莆田（ほでん）の伝説になった。成人してからも結婚の申し込みを断り、代わりに地元の沿岸警備隊のような存在として、高速の小舟に乗り、たくさんの遭難した漁師や商人を救助した。そして生きているあいだにも、地元の人々から海の女神と呼ばれるようになった。ところがある日、とりわけひどい暴風雨のなかで3度目

❖下──人々は天后に、安全な航海、大漁、海で行方不明になった人の帰還を祈る。

の難破船救助に向かった林黙は、疲労のあまり海へ落ちてしまった。人々は死を受け入れず、代わりに、天へ上って不死になったと信じることを選んで、莆田に林黙を祀る祠を建てた。

その後も、漁師たちは林黙が転覆した小舟を銛でひとつずつもとに戻す姿を目撃したと語った。嵐のなかで港に着く前に積荷が壊れることを危惧した広東の古物商が助けを求めたときには、目の前に現れた林黙が腕を振るやいなや、海が鏡のように穏やかになったという。宋の帝、徽宗の艦隊が朝鮮半島へ向かう途中で激しい嵐に見舞われたときには、遠征の隊長が目を閉じ、助けを求めて林黙に祈った。隊長が目を開くと、赤い衣に身を包んだ女神が甲板に立っており、嵐が止んで、海は穏やかになった。

こうして、当初は地元の守護者だったこの女神は次第に帝たちからも尊敬されるようになった。実際、林黙は帝から40の名誉と、位の高い天后娘娘をはじめとする60の称号を授かっている。林黙の名が知れ渡るにつれて、呼ばれてとりなしたものごとの話も膨れ上がった。海の安全を守るだけでなく、干ばつと洪水から大地を守り、果ては出産から女性を守り、子どもの病を癒すことまでもが、この女神の手に委ねられるようになった。

● ── 慈悲の女神 ── 観世音

男でも女でもない観音の起源には多くの神話があるが、最も重きが置かれている有名な話はインドから伝わったものかもしれない。「人々の苦しみを理解する」という意味の名を持つアヴァローキテーシュヴァラ

(観世音)は、世界から苦しみを取り除こうと誓った修道僧だった。観世音は阿弥陀如来に仕え、やがて深い思いやりを持つボーディサットヴァ(菩薩)となった。仏教は唐王朝(618–907)時代までに広く中国に普及し、観世音はおよそ400年かけて完全に中国化した。

　菩薩には性別がなく、たいていは中性的に描かれているが、観音の描写は何世紀ものあいだに変化してきた。莫高窟にある初期の絵では、口ひげのある修道僧が観世音と呼ばれている。当時の社会には性別のない

❖右──観音にはたくさんの役目がある。この絹の旗では、魂の導き役だ。

❖ 左── 1922年の板絵。宮殿から尼寺へと逃げる妙善が描かれている。

神は浸透しにくかったようだが、三国時代(220–280)にあまたの中国の神々の仲間入りを果たしたときには、観音はおもに女性と思われる姿で描写された。中国では天界に階層があるという考え方が普及していたため、中国仏教の上層部は、阿弥陀如来と中国人のあいだの橋渡し的な役割を果たす──中国語を解し、中国で暮らし、人々の苦しみや喜びを取り上げることができる──存在が必要だと考えたのだろう。当時は尼僧院に入る裕福な女性たちが増えていたことから、男性ばかりの阿羅漢(守護神)とバランスを取るための女性、なおかつ中国神話に起源を持つ存在として、観音に目が

第4章｜神と仙人

❖ 上──観音が刺繍された旗。11の顔それぞれが悟りへの歩みを示している。

向けられたことは理解できよう。

　楚の暴君、荘王の3人娘のひとり、妙善は、美しく賢い娘に育ったが、息子を欲した王にとっては望まな

い子どもでしかなかった。妙善は姉妹とは異なり、信仰があつく、慈悲深く、「世界に3つの苦しみ」(老化、病気、死別)があるうちは父親の権力を強化してはならないと考えていた。

　そこで、妙善は尼僧院で生涯を仏陀に捧げようと宮殿を離れた。ところが、その決断を快く思わなかった両親は、尼寺と尼僧たちに、娘をこき使って不快で卑しい仕事を押しつけるよう命じる。それでも、妙善は文句も言わずに仕事をこなし、山の神と地の神が密かに手を貸した。思うようにならない娘に腹を立てた荘王はとうとう処刑を命じたが、そのときも天が介入して処刑官の剣、斧、槍を破壊した。そこで、荘王はみずから素手で娘の首を絞めた。しかし、神々は妙善の体を守り、不老不死の桃を与えて生き返らせ、残りの人生を祈りと瞑想に費やせるよう遠方の普陀山へと連れていった。

> 思うようにならない娘に腹を立てた荘王はとうとう処刑を命じたが、そのときも天が介入して処刑官の剣、斧、槍を破壊した。

　妙善が勉学に励み、悟りを開いた一方で、父の荘王は重病を患った。王がいよいよ瀕死の状態になると、家来たちはなんとか治療できる者はいないかと手当たり次第に助言を求めた。すると、ある修道僧が、怒りも対価もなく差し出された片方の目と腕で作ったスープだけが唯一の治療法だと言う。普陀山に深い知識を持つ預言者がいると聞いた王は、それがだれかは知らないまま家来を送り、目と腕を提供してくれる人はいないかと尋ねさせた。家来が助言をもらいにくると、妙善は自分の目をくり抜き、腕を切り落とした。家来はぞっとするようなその薬の材料を急いで持ち帰って王のためのスープを作った。王の病は治った。

回復後、提供者に礼を言おうと普陀山を訪れた王と妃は、不自由になった女性がじつは自分たちの娘であることに気づく。ふたりは感謝と後悔の念でひれ伏し、その後は仏に帰依すると誓った。すると世界が揺れ、雲間から光が差し、あたかも虹色の花が一面に広がるかのように彼らを取り巻いた。雲が晴れると、妙善は千手千眼観世音として生まれ変わっていた。

　観音が千手千眼になった理由にはさまざまな説があるが、そのひとつに、菩薩の像の製作を請け負った大工が王の指示を聞き間違えたというものがある（中国語の「欠」と「千」の発音がよく似ているためだろう）。ほかに、世の苦しみをよく見るために千の目を、多くの人の不安を取り除くために千の手を必要としたからだとも言われている。

　経典によると、観音には33の姿があり、それぞれ異なる衣を着て、安らぎや苦痛からの解放を象徴するさまざまなものを手にしている。死の床についている人から難産を経験した人、目的を達成できなかった人から最後の硬貨を賭けるばくち打ちまで、観音に助けを求める人が多様であることを思えば驚くまでもない。観音はそれらすべてに耳を傾けるのだから、各人の悩みにふさわしい姿を取ることができるに違いない。そのなかには、癒しの雫を垂らす柳の枝を持つ楊柳観音、豊漁と繁栄はもとより地域社会、友情、結婚も象徴する魚籠を持つ魚籃観音、共感を表す水と月に囲まれた水月観音、純潔を象徴する白い衣を着た白衣観音などがある。

●──縁結びの神──月下老人

　月下老人の伝説は唐王朝(618–907)時代にさかのぼる。ある晩、韋固(いこ)という男が歩いていると、足元に袋を置いて月明かりで本を読んでいる老人がいた。韋は、こんな夜遅くまで読んでいるとはなにがそんなにおもしろいのかと老人に尋ねた。「天の下に住む者たちの縁結びじゃ」と老人は答えた。韋が袋の中身を尋ねると、老人はこう言った。「夫婦の足に結びつける赤い糸じゃよ。貧富の差、立場の違い、故郷の距離がどうあっても、この糸が切れることはない」。

　老人はページをめくって韋固の名を見つけると、彼の妻になるのは地元の盲目の野菜売りの娘だと告げた。だが、そのような縁組みは自分の人生を台無しにすると考えた韋は、人を雇って娘を殺そうとする。娘は刃物で眉を切られたものの、なんとか死を免れた。

> ある晩、韋固という男が歩いていると、足元に袋を置いて月明かりで本を読んでいる老人がいた。

　何年か経ち、軍人として名を上げた韋に、地元の長官の娘との結婚話が持ち上がった。韋は驚いた。相手の女性が昔、自分が殺そうとした娘だったからである。娘は長官の家族の養女となって、教養ある魅力的な女性へと成長していたのだ。その美しさを損なうものは眉の傷痕だけだった。

　変わりやすい天気と、常に存在する反乱や凶作のリスクにつきまとわれていた古代の中国人は、なにごとも運命だと考えて慰められる傾向にあった。その運命が人生最愛の人に出会うという明るい結果につながるなら、なおさら元気づけられたことだろう。

第4章｜神と仙人

❖右——縁結びの神、月下老人に供物を捧げる。よい相手を見つけるためではなく、すでに運命で結ばれている相手と早く会えるようにだ。

　月老(月下老人の略称)はたいてい長いあごひげをはやし、高価に見える多彩の衣を着た温和な笑顔の老人として描かれており、片手に縁結びの本、もう一方の手に赤い糸の束を持っている。月老はあらかじめ決められた婚姻リストに従っているだけだと考える人もいるが、対象者の性格や関心事を考えたうえで「相性抜群の」縁を結ぶ、経験豊富な仲人だと考える人もいる。現在、中国の結婚の特徴である赤い飾り帯、赤いベール、赤いシーツはみな、結婚が月老に認められていることを示す伝統に基づいている。

●──工芸の守護神──魯班

　魯班のような神が求められるようになったのは、中国が奴隷に基づく体制から封建制へと大きく変化した時代だった。技術が進歩して、個人の富や物資が豊かになると、職人は熟練のいらない労働者から、重用さ

❖左──魯班はたいてい彼が発明したと言われる大工道具のひとつを手にした姿で描かれる。ここではかんなを持っている。

第4章｜神と仙人　　135

れ尊敬される社会の一員へと変化した。

　政治家の墨子が発明品を戦争兵器へ転換していたころ、魯班は時代の思潮を庶民のために役立てようとした。彼はかんな、のみときり、また直角定規を発明したと言われ、たいていはそれらを持った姿で描かれている。存命中から「大工の神」と呼ばれた魯班は、高い技能を持つ建築家かつ大工だっただけでなく、創造力も持ち合わせていた。この伝説の大工が神話の起源になるまでにたいして時間はかからなかった。

　そうした神話のひとつに趙州の椒江(ちょうしゅうしょうこう)という川の話がある。この川は幅が広くて深く、川底が不安定だったため、いくら橋をかけても数日以内に壊れてしまった。ある日現地を訪れた魯班は測量を行い、途方に暮れたかのような面持ちで工房へ戻った。それでも、しばらくしてから、のみで彫られた石をいっぱいに積んだ荷車を押して戻ってきて、橋を作り始めた。橋は重くな

❖下──趙州橋は現存する中国最古の橋である。魯班は1日現地を測量しただけで、このアーチ橋を設計したと言われている。

ればなるほど頑丈になっていくように見える。ある日、手品師のような仙人の張果老が通りかかり、橋がどれほど耐えられるか試してみようと考えた。仙人は荷車を借りると、自分のロバに引かせて、夜の闇に紛れてそこに五岳(中国の五大霊山)を載せた。朝、地元の人々の目の前で、仙人はそのあり得ない重さの荷車で橋を渡った。石橋はわずかに揺れて、岸辺で少し沈下したが、橋そのものはびくともせず、山、荷車、仙人、そしてロバはみな安全に橋を渡り終えた。その橋には今でも、張果老のロバの足跡が残っている。

魯班は、明らかに才能と知識があるにもかかわらず、親切でもったいぶらない人物だったと言われ、仲間への贈り物を作ったり、新入りの大工にこつや技を教えたりする話がたくさんある。お守りや絵にある姿も、天の朝廷を歩き回るというより屋根の修理に適しているような質素な身なりだ。魯班は道教や仏教といった大きな信仰体系に取り込まれなかった珍しい世人の神だが、もしかするとその民衆との親密さのおかげで長く人々から敬われ続けることになったのかもしれない。まさに労働者の英雄ともいえる魯班の伝説は、激動の近代史に見られた反迷信運動にも耐え、彼が建てた寺院の多くは「中国工学の傑作」として破壊されずに残っている。

●——八仙

八仙とひとまとめにして知られている8人の仙人は、とりわけ興味深い中国の神仙の一団である。かつてはみな生身の人間だったが偉業を達成して仙人になったと言われ、人間界と強い結びつきがある。ゆえに、道

❖右──八仙にはそれぞれの物語があるが、まとめて描かれることが多い。彼らの生い立ちの多様性はしばしば、どのような階級や背景を持つ人々にも価値があることを説く比喩に用いられる。

教においては、立派な人生を送ればだれでも不老不死になれるというメッセージを伝える重要なモデルになっている。

❖李鉄拐

李鉄拐[鉄拐李とも呼ばれる]は八仙のなかで最初に仙人になった人物だと考えられている。路上で施しを求める、手足が不自由でみすぼらしい物乞いの姿で描かれることが多く、頑丈な棒もしくは杖に体重をかけて

いる。

　彼はかつて、李玄という名の立派な体格の道教の学者で、自分の体を離れ、魂となって天へ赴き、老子と話ができた。ところが、思ったより長く話し込んでしまったあとに、不老不死の霊薬をもらって地上へ戻ると、いないあいだに体が火葬されている。必死になって地上での体を探した李は、森で餓死した物乞い、張の体を見つけた。いざ体に入ってみると、手足が不自由で、力が弱く、自分自身を支えることすらできない。けれども、もっとよい体はないかと探すうちに、李にはこの物乞いがどんなに不幸な状況でも正しく生きていたことがわかった。張は飢饉に襲われた村の家族の最後の生き残りだったが、それでも自分が見つけたり施されたりした食べ物を躊躇なく他の人々と分け合っていたのだ。

　そこで李は霊薬を飲み、永遠に自分の魂を張の体と結びつけ、物乞いの体で仙人になった。だが李はまだ人間界に興味があった。天に行くには早すぎる。地上

> 李は霊薬を飲み、永遠に自分の魂を張の体と結びつけ、物乞いの体で仙人になった。

❖下──李鉄拐はむさくるしい姿のおかげで自由に旅ができた。また、とりわけみすぼらしい姿をした自分をどのように扱うかを見て人々の性格を判断した。

第4章｜神と仙人

にいるほうが人々の役に立てるのではないかと感じた李は、治療師として地にとどまった。つねに薬を入れる瓢箪を携えているこの仙人は、しばしば自分の不自由な体で薬を試し、親切な人には恩返しをして、たくさんの伝説を残している。たとえば、薬草の湿布で軽い外傷を治療していた医者の話がある。この医者はどれほど費用がかかろうと金持ちも貧乏人も同じように治療したが、後者からは一銭も取らなかった。李は自分の名を伏せてその医者を訪れ、足が不自由になったが金がないと述べた。医者はすぐにその物乞いを治療したが、翌日診ると、患者の傷が悪化しているように見える。そこで医者は治療を重ね、物乞いを家に連れ帰り、栄養のあるスープを飲ませて看病した。夜になって医者が床につくと、李はスープのなべに浮いていた膜を取り、医者の薬草に塗りつけて、自分の傷に貼った。翌朝、医者は不機嫌な面持ちでぐちゃぐちゃな湿布をはがしたが、驚いたことに傷が完治している。のちに有名な「動物の皮の湿布薬」となったその現象を調べることに夢中になっていた医者は、物乞いの老人の姿がいつのまにか跡形もなく消えていることに気づかなかった。

❖ 熱血修道僧、鍾離権

　鍾離権（しょうりけん）は、普通なら帝が誕生するときに起こるような天気の前兆や神獣のお告げを伴った華々しい状況で、なかば成長した非凡な子どもとして誕生した。この赤子は泣くどころか、すぐに状況を理解して天秤にかけているように見えたので、父親はその子を鍾離権——権は天秤のおもりを意味する——と名づけた。権は立

❖右ページ——八仙は親しみやすい人の姿で描かれる。この鍾離権は豊かな腹が突き出ていて、人生を楽しんでいるように見える。

第4章｜神と仙人

❖呂洞賓の試練

❶旅から戻ると、呂洞賓の家族がみな病に冒されて死んでいた。自分が「道」を左右できるなどと考えることは傲慢だとわかっていた呂は、己の行動を後悔せず、火葬の準備をした。すると、まだ火葬用の薪に火をつけてもいないのに、家族が苦しそうな様子もなく生き返った。

❷町へ出向いた呂は家族の農作物の価格について商人と合意した。いざ作物を届けると、商人が合意した価格の半分しか払おうとしない。だが、自分の務めは果たしたとわかっていた呂は、差し出された金を受け取って立ち去った。

❸呂が家を出ようとすると、扉に物乞いがもたれかかっていた。呂は硬貨をいくつか施したが、物乞いは脅したり罵ったりしてもっとくれと言う。呂は微笑んで幸運を祈ると告げた。自分には他人の人生は理解できないのだから、恨んではいけないとわかっていたからだ。

❹羊の世話をしていた呂は群れとともに虎に襲われた。自分の命ひとつでたくさんの羊が救えるならと、呂は羊の前に身を投げ出した。今にも虎の爪が肌に食い込むだろうと、目を閉じて待っていたが、いつまでたっても痛みがこない。目を開けると、虎の尾が木立ちのあいだに消えてゆくのが見えた。

❺羊飼いの小屋にいると、娘が入ってきて、道に迷ったので休みたいと言う。娘は夜になると呂を誘惑しようとしたが、呂は眠らず、隙を見せなかった。娘は2日目、3日目の夜も誘惑を試みたがうまくいかなかったため、やがて姿を消した。

❻家に帰ると、泥棒が入っていた。茶碗1杯分の米も残っていない。それでも呂は、1日中働いて作物を刈り入れなければならない。作業をしていると、泥のなかに数十枚の金板を見つけた。自分が食べる分なら育てた作物だけでまかなえるとわかっていた呂は、金をそのままにして、腹が減っているにもかかわらず作業を続けた。

❼銅売りに会った呂は、道具をつくるためにいくつかの銅塊を買った。家に着くと、それらが純金だとわかった。純金は自分のものではなく、考えていた使い道の役に立たないと思った呂は、それを返そうと1日かけて銅売りのところまで歩いた。

❽狂った道士が村にやってきて、飲めば今すぐ死ぬけれども次の人生では必ず「道」を備えた人間になれると称する丸薬を売りつけようとした。村人はだれも誘いに応じなかったが、やがて呂がひと粒飲んだ。「葬式の準備をしておけ」と道士は含み笑いをしたが、翌朝、呂はまだ生きていた。呂が本気で道を求めていることがそれで証明された。

❾村人とともに川を渡ろうとしていると、突風が吹いて、乗っていた小舟が激しく揺さぶられた。人々は叫び声を上げて船にしがみついたが、呂だけは違った。「道」が、自分が死ぬときがきたと言うのなら、いくら叫んだところで変わらないと知っていたからである。風は弱まった。

❿畑の世話をしていると空が暗くなり、血だらけの衣に包まれた罪人の魂を引きず

りながら、夜叉の群れが地面から這い出した。「おまえは前世でわたしを殺した」と魂がうめく。「仕返しをしてやる」。均衡を保つためには殺人には死刑をもって処すべしと理解していた呂は、ナイフで自分の命を断とうとしたが、次の瞬間、ナイフも夜叉も消えていた。そして、見るとそこにくすくす笑っている鍾離権が座っていた。

呂の行いに満足した鍾離権は修練を終えさせるために呂を終南山へ連れていった。鍾離権は呂に不老不死の霊薬の作り方を教え、12年の修行ののち、天が呂に陰陽の2本の剣を与えた。呂は400年以上も地上を歩き回って、恵まれない人々を助け、暴君と戦い、虎を倒し、蛇を手懐け、正道からはずれた龍を静めた。彼はやがて剣神の称号を授かった。

派な体格の賢い人間に育ち、朝廷の諫議大夫［帝を諫める役職］となった。その後は、反乱の鎮圧に送り出されたが、病んで弱っている兵と腐った糧食しか持たされなかったため、案の定、失敗に終わった。

　戦地を見下ろす山中に隠れた鍾離は幾人もの仙人と出会い、道教から煉丹術や医学まで、仙人が教えるものごとをじっくりと学んだ。教えを受け入れた彼は、昔の快適な生活に戻るのではなく、ここぞというところで新たに得た力を発揮しながら、大地を歩き回って道教の教えを広めた。

　鍾離権は成功をもたらすことで知られているわけではない。煉丹術を習得しようとして自分の家を吹き飛ばしたこともある。それでも、失敗にくじけず、熱心に取り組んだために、最後には霊薬を手に入れて仙人になった。また、石を銀に変える術を完成させ、貧困と飢餓を和らげるために貧しい人々に配ったとも言われている。

❖ 手品師の仙人──張果老

　張果老は間違いなく、八仙のなかで最も奇想天外な

❖ 上――魔法のロバを連れた張果老。たたまれたロバを広げて膨らませてから、次の目的地へとまたがっていく。到着後は平らにして折りたたんで収納する。

仙人だろう。ただし現在では、この仙人が起こした奇跡のほとんどは、じつは手品と信用詐欺だったと考えられている。彼は中国の宗教や霊的信仰の奥底にある遊び心の象徴だ。

張果は修道僧で、自分は不老不死の秘密を知っており、堯(ぎょう)に仕えたと語っていた。つまり、少なくとも3000歳である。世捨て人として中条山に住んでいたが、そこで李鉄拐などの仙人と出会ううちに、自分の居場所は外の世界にあり、そこで人々を救わなければと考えるにいたったらしい。ロバに後ろ向きにまたがる張は、毎日何十万キロも旅をしながら、だれかと出会うたびに手を貸した。夕方、1日の旅を終えると、あたかも紙であるかのようにロバを平たくたたんで懐にしまう。再び旅に出るときには、ロバを広げ、水をかけてもとに戻した。

何世代にもわたって朝廷へ入ってくれるよう頼まれていた張はとうとう、群を抜いて礼儀正しく要請して

きた帝、玄宗の朝廷に参じた。いざ会うと、帝は目の前に現れた人物がひどく年老いていることに驚きを隠せない。あまりの戸惑いようだったので、張は残り少ない白髪と黄色く曲がった歯を引き抜いてみせると、向きを変えて立ち去ろうとした。玄宗は慌てて、張の力を疑っているわけではないと述べ、気を悪くさせたことを謝罪した。それを聞いた張が振り返ると、その笑顔には1本も欠けていない真っ白な歯が並び、髪は真っ黒でつややかだったという。

　風変わりだが人を動かす力を持つこの修道僧に好奇心をそそられた帝は、道士の葉法善に僧の素性を尋ねた。すると葉は、自分は張の秘密を知っているが、恐ろしくて内容は明かせないと言う。だが、秘密は必ず守ると約束する玄宗に説き伏せられ、葉はとうとう張が太古の昔からいる巨大コウモリだと打ち明けた。そのとたん、葉の頭が破裂して開口部から血が吹き出し、葉は倒れて死んでしまった。そこへ張果老がぶらりと入ってきて言う。勝手に秘密を明かすとは許し難いのう。帝は葉を生き返らせてくれと懇願した。張が葉の顔に唾を吐くと、道士は息を吹き返した。

　張は死までもが芝居っ気を帯びている。何年か玄宗に仕えたのち、張は自分の命があとわずかになったので山へ帰りたいと帝に告げた。帝の許しを得たこの仙人は、数百人の随行者とたくさんの贈り物を携えて家に戻ることになったが、道中で息を引き取った。弟子たちは棺桶を作り、師が望んだ埋葬場所へと遺体を運ぶことにしたが、数歩も進まないうちに、やおら棺桶が軽くなった。張の体が尸解（肉体が「道」に還るときに生じる変化）したのである。それを聞いた玄宗は張果老を祀

る楼霞観の建立を命じたと言われている。

❖ 天の剣豪──呂洞賓

　呂洞賓は学者で、生まれたときから高い教育を受けていたが、どうしても高級官僚まで上り詰めることができなかった。20年ものあいだ進士になるための官吏登用試験を受け続けたが合格しない。40歳のとき、受験に向かう途中で熱心に教えを説く鍾離権と出会ったが、呂は彼のことを並の道士だと思っていたようである。いずれにせよ、呂は鍾離権の珍しい格好と饒舌に感心した。ふたりは都の宿屋に入って酒を酌み交わ

❖下──龍に乗る呂洞賓が描かれた扇絵。背にかけられた剣がわずかに見える。

し、「道」について語り合い、即興で詩を作って詠み合った。鍾離権が小さな炉で米がゆを作っていると、呂は深い眠りに落ちた。夢のなかで彼は高級官僚の試験に合格し、富と名声を得たが、やがて失脚する。目を覚ますと鍾離権が言った。呂の魂はまだこの世の未練に引きずられており、悟りを開く準備が整っていない。この先は想像もつかないような試練が待ち受けているが、それを乗り越えれば仙人への道が開ける。

> 鍾離権が小さな炉で米がゆを作っていると、呂は深い眠りに落ちた。夢のなかで彼は高級官僚の試験に合格し、富と名声を得たが、やがて失脚する。

❖ 天の治療師──何仙姑

八仙のなかで唯一の女性である何仙姑（かせんこ）は、唐王朝（618–907）時代に湖南に実在した女性がもとになってい

❖下──何仙姑は薬草を求めて、自分が暮らしていた陸地だけでなく水路も旅した。

るようである。幼いころ、故郷の山や川で遊ぶことが好きだったこの娘は、鉱物や植物についてよく知っていた。あるとき、いつものように山に入ると、道に迷ったかのように歩いている老人に出会う。何仙姑が老人を近くの小道まで連れて行きながら、薬草や治療効果のある鉱物を示して教えると、老人は娘の助力と知識に礼を言い、不老不死になれると言われる西王母の天の桃、蟠桃を手渡した。老人は霧のなかへ消え、何仙姑は桃を食べた。すると心身に力がみなぎり、数日後には食事も睡眠もいらなくなった。

　老人は戻ってきて、自分は呂洞賓だと明かすと、何仙姑が覚えたさまざまな植物や鉱物を収集する秘訣とそれらを薬にする技術を伝授した。何仙姑はそれからも山を歩いては、すでに覚えた薬を作るだけでなく、新しい治療薬を調合して、病気の人々に役立てた。籠を持って山にいる姿を見た人はその動きが「ツバメのように軽やか」で、岩棚から岩棚へと飛ぶように、きわめて珍しい草を集めていたと表現した。

　娘が暮らせるようにと人々が建てた石造りの小屋は現在、増城にある何仙姑を祀る寺の一部になっている。この若き漢方医はとても愛されているため、湖南省永州市、福建省、浙江省、安徽省、広西チワン族自治区がみな何仙姑の誕生地を名乗っており、各地にこの仙女にまつわる物語が存在する。

　何仙姑は医術を心得ていただけでなく、並外れて美しい女性だった。いくつかの神話では、ひっきりなしに求婚者がやってくることに疲れた彼女が、地上での姿から解き放たれようと井戸に身を投げたと言われている。何仙姑の体は霧のように消えて、魂は天に上っ

たが、それで人間界とのつながりが途切れたわけではない。あるときは中国で唯一の女性支配者となった皇太后の武則天に道教の知識を授け、また、宋王朝(960-1279)の法廷に招かれて汚職を見抜く力を発揮したこともある。

❖不老不死の詩人──藍采和

八仙のなかでも特に慈悲深い藍采和(らんさいか)は、音楽、カリスマ、貧者への気遣いで人々の心をつかんだ不思議な放浪者である。着古した青い上衣に黒い帯を締め、片足だけ裸足という謎めいた藍は旅芸人で、いつも拍板（カスタネットのようだが長くて平らな打楽器）を持っていた。

藍の行く先々で、人々は彼について回って質問をし

❖**左**──不老不死の詩人、藍采和(右)が、同じく八仙のひとりである曹国舅と連れだって歩く。

た。この旅芸人の返答がいつも人を笑わせ、楽しませたためである。藍はもらった硬貨をみなひもに通して、背中にぶら下げ、少ない蓄えを隠しもせずに、自分より恵まれない人に与えたり、酒代に使ったりしていた。さすらいながら同じ村に戻ってくることもあったが、老人たちが子どものころに見た記憶とまったく変わらない姿をしていたという。

　藍采和はどちらかと言うと不意に仙人になった。ある日、宿屋で飲んでいると、天の音楽が聞こえ、空から鶴の群れが舞い降りてきた。藍にはいよいよだとわ

❖ 韓湘子の笛

　東海沿岸を旅していた韓湘子は、ふと海の美しさを歌いたくなった。すると、岸辺から少し離れたところで、龍王の7番目の娘がその音に惹かれ、無邪気に踊り始めた。その姿を目にした韓湘子は美しい情景に思わず声を失った。龍の娘は岸まで泳いできて、ふたりは話を始め、やがて恋に落ちた。

　3日後、韓湘子は以前のように岸辺で若い龍の娘を待っていた。すると、龍ではなく年老いた夜叉が水から這い出てきて、手招きする。夜叉が言うには、ふたりのことを知った龍王が激怒して、姫を深海に閉じ込めてしまった。だが、姫はどうしても韓湘子に愛の証しを渡したいと夜叉を送り出した。夜叉はそう言うと、金色の竹を差し出した。韓湘子はありがたく受け取った。彼が竹を削って簫を作ると、それはこの上なく柔らかくて美しい音を奏でた。韓湘子はしばしばその簫を吹いている姿で描写される（右）。

かった。そこで酒を飲み干し、拍板を投げ捨て、鶴に飛び乗った。鶴は必死でしがみつく藍を乗せて天を目指して飛び上がったという。

❖才ある園芸の神──韓湘子

　韓 湘 子は、唐の有名な作家で司法を担う大臣だった韓愈の甥の息子である。けれども、韓湘子には勉学の才能はまったくなかった。韓湘子が教室で授業の邪魔をすると知らされた韓愈は、この大甥を寺に入れて勉強を続けさせたが、今度は僧たちに、決められた手順を守らないと苦情を言われる始末である。朝廷と寺院両方の教師全員にたしなめられたこの若者は、それでも、自分にも才能のひとつやふたつはあると言い返した。太陽のもとでたくさんの色の牡丹を咲かせてみせよう。そう宣言した韓湘子は庭園の紫の牡丹に覆いをかけると、7日のあいだは見てはならないと告げた。1週間経って覆いがはずされると、みなが驚いたことに、赤、白、緑の牡丹が花開いている。そして、花びらのひとつひとつに、もとの紫色で二行連句が記してあった。

　　「雲横秦嶺家何在、雪擁藍関馬不前」
　　（雲が秦嶺にかかって家がどこにあるかもわからない、雪が
　　　積もった藍関では馬が前に進まない）

　寺を追放された韓湘子は大叔父との暮らしに戻った。ある大きな宴では、小瓶ひとつから客全員の茶碗を満たしたり、茶碗1杯の土とほんのひと口の水から木を生やしたりしてみせたという。そしてその後も、教養

ある詩を書き、信じられないような花を咲かせ、しばしば同じ二行連句を記した美しい花を育てる芸を繰り返して、大叔父を当惑させ続けた。そうこうするうちに、韓愈は遺物の信憑性について帝と口論して僻地に左遷されてしまった。任地へ向かう道中、韓愈は霧の立ち込めた峠で立ち往生し、雪と氷で馬が前にも後ろにも進めなくなる。あの二行連句は自分への警告だったのだと気づいたちょうどそのとき、韓湘子が現れて安全な山道へと大叔父を導いた。だが、命を救われたにもかかわらず、韓愈は大甥に無関心と軽蔑しか示さなかった。逆に韓湘子は孝行と親切だけでそれに応えた。

　学業に秀でていなかったにもかかわらず、韓湘子はたいてい優雅な学者の衣を着て、髪をなびかせ、簫（竹の笛）を吹く姿で描かれる。彼の行動は、たとえ他者から見れば価値がなくても、だれにでも才能や力量があることを教えてくれる。人はみな、たとえ感謝されずとも、自分の能力──それがなんであっても──を使って周囲の人を助けなければならない。

❖不老不死の政治家──曹国舅

　曹国舅は宋の帝、仁宗の朝廷の貴族で、帝とは血はつながっていないが親戚関係にあった。もとより物静かで倹約家の曹は、帝の後継ぎである若い親戚の放蕩と不摂生を恥じ、その不名誉な行動の埋め合わせをしようと、自分の全財産を投げ打って補償と貧困者への援助に使った。その後継ぎがやがて汚職と権力の濫用で倒れると、曹は朝廷を離れ、所有物を売り払ってみすぼらしい服に身を包み、山に隠遁した。そしてある

❖上——福禄寿の像は一般に、中国の家庭、料理店、そして世界各地の企業に飾ってある。

日、仙人の呂洞賓と鍾離権に出会った。呂洞賓は彼に、山の頂上まで上れたなら道教の道を示そうと約束する。

　1週間の断食と旅を続けた曹国舅の足にはまめができ、健康状態は悪化した。そのような体調がすぐれないなかで、川で溺れかけている少年を見つけた曹は、飛び込んで少年を岸まで引きずり上げる。落ちた理由を尋ねると、少年の父親が高価な翡翠のついた玉帯を持っていたところ、盗んだと思われて捕らえられてしまったため、山の麓へ行こうとしていたと言う。曹はそれが自分が売った帯だと気づき、無実の罪を晴らすために一緒に行こうと少年に約束した。お礼に翡翠を差し出された曹はそれを断り、自分がまいた種なのだから後始末をするくらいは当然だと答えた。すると少年が翡翠を地面にたたきつけてふたつに割った。破片

❖福禄寿

福星、禄星、寿星の3柱の神は別々の存在だが、絵画、護符、神棚にまとめて描かれていることがほとんどだ。たいていは笑う子どもたちと桃に囲まれて、瑞雲の明るい霞のなかからにっこり微笑んでいる。彼らはまとめて幸福、成功、長寿の神「福禄寿」、または簡単に三星と呼ばれる。本書で取り上げられているほかの多くの神仙とは異なり、福禄寿にまつわる物語や伝説はほとんどないが、この神々は中国の信仰の中心的存在で、新たにものごとを興すとき彼らに加護を祈らないと災いを招くと考えられている。

【幸運の神、福星】

当初、人々が夜空を見上げてそこに神々を見いだしていたころは、ほぼ1年中肉眼で見える土星が天界における福星の居場所だった。その後、道教の三界の概念が確立すると、福星は天に幸福をもたらし、地の罪を許し、水(冥界)の苦しみから救う仕事を担うようになった。

天の役人である福星は、朝廷の赤い装束を着て、龍の模様と翡翠で飾られた帯をしめた姿で登場する。足元はたいてい朝廷の履物で、長いあごひげと長い眉毛がある。福星が手にしている如意は儀式用の笏、あるいは権力と幸福を象徴するお守りだと言われている。中国の新年の飾りでは、福星は子どもたちに囲まれ、桃、ざくろ、春の花、蘭、鯉などの縁起物を持っている。

【成功の神、禄星】

禄星は文昌星(おおぐま座の後ひざ)と関係があり、「幸運」や「役人の給料」を意味する中国語の「禄」と同音の「鹿」とに結びつけられている。この神はたいてい、昇進や学問の成就を象徴する巻物、また多くの場合、家族の繁栄の象徴である子どもを抱えた姿で描かれる。禄星はときに、成功に向けてたどれる多くの道に関連して、五路財神と呼ばれることもある。就任や昇進の式典で禄星だけに祈ることもあるが、たいていは福星、寿星と一緒に登場する。

【長寿の神、寿星】

寿星は大きくて丸いはげ頭と、長くて白いあごひげや眉毛のある年老いた姿で、しばしば龍の頭がついた杖に寄りかかり、もう一方の手に巨大な桃を持って、優しく微笑んでいる。初期の描写では蓮の冠をかぶり、鶴の羽の上衣を羽織っているが、生涯を通して培った知恵の表れである髪のない突き出た額が、寿星ならではの特徴になった。寿星はまず生き物すべてを見守る神として登場し、のちに、この神に目をかけてもらえれば長生きできると考えられるようになった。今日ではもっぱら長寿の星で、高齢者の守護神である。

寿星は、中国天文学で特に長寿と関連があるおとめ座のひときわ明るい星、スピカと結びつけられている。真冬から春の終わりごろまで中国の南の空にはっきりと見えるこの星が現れていれば平和が訪れ、隠れていると混沌が訪れる。

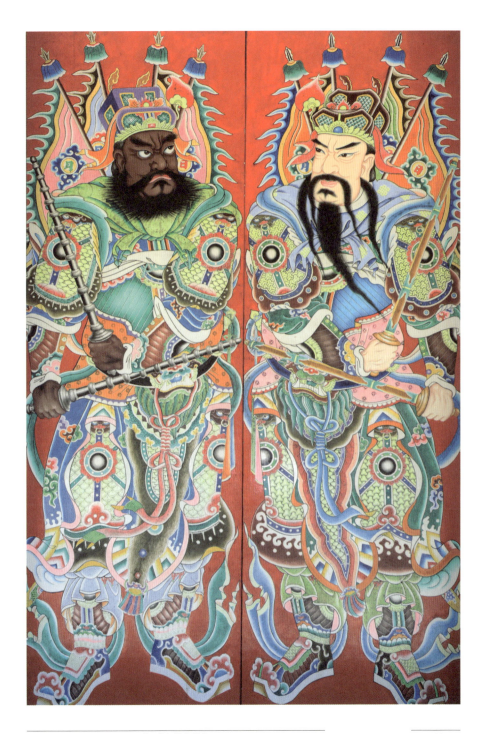

第4章 | 神と仙人

❖前ページ──中国の伝統的な門扉は両脇に鬼殺しの姿が描いてあった。そうした扉の神々は門神と呼ばれる。

は2匹の大きな鶴になり、少年は呂洞賓へと姿を変えた。そうして師と弟子は鶴に乗って山の頂上へと飛んでいった。

●門神

　門神は特定の神というより神々の種類で、神話に登場する多くの人物が長年にわたってその役目を担っている。彼らは玄関や門の両脇に立って（絵の場合は掲げられて）いるふたりひと組の神で、そこを守っている。

　最古の門神は鬼殺しの神荼[しんじょとも呼ばれる]と鬱塁[うつるいとも呼ばれる]で、合わせて「桃の戦士」として知られていた。桃は古代中国の人々が育てたり、集落の中心に植えたりしていた最初の野生果実のひとつである。黄帝の治世に、神荼と鬱塁は桃の大樹がある門を守り、人間界に入ろうとする鬼を監視するよう任ぜられた。ふたりは日没から、桃の木の上で金色の雄鶏が鳴く明け方までそこに立ち、厄介な鬼を見つけては捕らえて、自分たちの虎の餌食にした。

　かつては門神として神荼と鬱塁の彫像が作られていたが、のちにそれが肖像画に簡略化され、やがて桃の木の板に名前が彫られたものだけになった。中国で縁起のよい日や祭日に扉の両脇に貼られている二行連句が記された赤い紙は、そうした桃符がもとになっている。

　しかしながら、家の主に安心感をもたらすのであれば、どのような存在でも門神になる。たとえば、物語に登場する虎と雄鶏こそが鬼を寄せつけないと考える

> 最古の門神は鬼殺しの神荼と鬱塁で、合わせて「桃の戦士」として知られていた。桃は古代中国の人々が育てたり、集落の中心に植えたりしていた最初の野生果実のひとつである。

人もいれば、銀行から宮殿まで、現代中国のほぼすべての機関の外で建物を守っている獅子の石像が門神だと考える人もいる。門神にはほかに、鬼殺しの鍾馗、三国時代の戦士、唐の帝の太宗の門を守った秦瓊や尉遅恭といった将軍たちもいる。自分の支配を固めるためにたくさんの敵、味方、親族を殺した罪悪感にさいなまれ、自分が手にかけた者たちの多くの怨霊に襲われることを恐れていた太宗は、彼らがいないと眠れなかった。

第5章

神話の英雄たち

中国は動乱の歴史、独裁政権、体制に従いがちな社会で知られているが、神話や神々の世界には異分子、変人、謀反人があふれている。そうした神話の共通点は、偉業の物語が広範囲に伝わって神話化されたような、実在した、共感できる英雄たちに対する紛れもない信仰心である。本章では伝説の神々や支配者はもちろん、勇ましい英雄となった偉大なる謀反人や奇人変人たちを探っていこう。

●──五帝

『淮南子』によれば、5人の帝がそれぞれ東、西、北、南、そして中央部を治めていた。五帝はそれぞれが五行の異なる自然元素に属し、異なる色を代表している。

❖黄帝

神になった最初の偉大なる帝は黄帝である。もしかするとこの帝は中国史上最も卓越した支配者だったと

❖左ページ──医術について廷臣と論じ合う黄帝。黄帝の記録は中国最古の道教医学書となった。

言えるのかもしれない。黄帝は、土の元素に属し、黄色に象徴される中国中央部を治めていた。

　伝説の帝、黄帝は「統治する賢者」の理想として崇められており、中国の文化と文明の創始者である。また、中華民族の大いなる祖先として敬われていて、あまたの神々や英雄の父でもある。あたかも太陽のように夜空を照らすまばゆい閃光が受胎のしるしだった。2年を超える懐胎期間を経て生まれた黄帝は、龍の顔を持ち、言葉を操ることができた。

⊕下──河南にある記念碑の黄帝像は、角ばった彫刻といかめしい顔つきで、強い指導者としての役割を強調している。

成人した黄帝はやがて、だれが世界を支配するかをめぐって、弟の炎帝と戦うことになった。炎帝は火の力で黄帝に立ち向かったが、黄帝は嵐と洪水の力を引き出して対抗し、援軍として鳥や獣を召喚した。ジャングルからは狼、ヒョウ、虎が現れ、ハヤブサや鷲が空から舞い降りてともに戦い、やがて黄帝が勝利を宣言した。

　その後、黄帝は何度も自分の地位を守るために戦わなければならなかった。風と雨の神々や鉄面の石戦士軍団を呼び出した人身牛首の蚩尤もそうした相手のひとりである。龍や神々は帝が築いていた世界を守ろうと黄帝の味方につき、それらの助けを借りた黄帝は敵を打ち倒した。

　黄帝は明らかに飛び抜けて賢く、また機知に富んだ人物だったが、最大の力は、すぐれた役人や才ある発

❖**左**——黄帝陵にある巨大な青銅の鐘。表面に「龍魂」と刻まれている。

第5章｜神話の英雄たち　　　　　　　　　161

明家を信じてものごとを託し、国に大きく貢献した人物を昇進させて褒美を授けたところにあると言われている。

　黄帝が死を迎えると龍が地上に下りてきた。帝は天界で支配を続けるべく、それに乗って天へと上がった。いくつかの伝説によれば、黄帝はいつ龍がやってくるかを正確に知っていた。そこで巨大な釜を用意して、自分が最も信頼を寄せている役人や家来を天宮へ連れていけるようにしたという。

❖強大なる顓頊

　五帝のふたり目は顓頊（せんぎょく）で、この帝は、古代の神話や

❖右──顓頊は天と地を分け隔てるよう命じた帝だと考えられている。

歴史書によると、2頭の龍に乗る絹の女神、嫘祖と黄帝の息子である。最古の神話では、顓頊は北方を支配する水の元素の神で、東の神で木の元素を象徴する太皞、南と火の炎帝、中央と土の黄帝、西と金の少昊と並ぶ五帝のひとりだ。

顓頊は天と地を分け隔てたと考えられている。罪を犯した人類が天に上れないよう、また神仙が地上に下りて堕落しないように、この帝がふたつの世界のつなぎ目を断ち切るよう命じたとする神話がある。一方、顓頊は海の支配をめぐって水の神、共工と戦ったとも言われ、負けた共工が腹立ち紛れに天柱にぶつかったために天地が分かれたとする説もある。顓頊はまた、星々の位置や経路を配置したとも言われている。

顓頊にはすぐれた能力を発揮した子孫がたくさんいる。たとえば、人類で最長寿の彭祖、父の命を受けて天地のあいだの梯子を壊した重と黎などがそうだ。しかし、子孫の数があまりにも多く、全員の面倒をみることは不可能だったため、だれもが成功したわけではない。名前のわからない3人の兄弟は、生きている者を絶えず苦しめる亡霊になった——ひとりは水辺で人間を襲い、ふたり目は恐ろしい熱病をもたらし、3人目は居住者が叫び声を上げながら飛び出してくるまで、家をがたがた揺さぶり続けた。顓頊を、四凶のひとつである檮杌の父とする伝説もある。

❖ 協調の帝嚳

顓頊の後継者である帝嚳はおもに音楽と結びつきが強く、のちの王朝支配者の祖先でもある。この帝の伝説は断片的にしか残っていない。漢王朝（紀元前206-

❖ 黄帝が発明したとされる品々

　知恵と慈悲深い心で国を治めた以外に、黄帝はものごとの理解に熱心で、聡明な観察者でもあった。彼は人々に、温かく過ごす方法、乗り物の作り方、家屋の建て方、また農耕のための家畜の飼い方を教えた。中国語で荷車の車と軸を意味する軒轅(けんえん)とい う黄帝のあだ名からは、この帝がいかに実用性にこだわっていたかがわかる。黄帝その人と、彼が後押しした有能な発明家たちが考案したものには、以下が含まれていたと言われている。

方位計

蹴鞠

硬貨

220)の神話では、帝嚳は生まれたときにはすでに言葉を話すことができ、暖かい季節には龍を乗り回していたという。

　帝嚳は音楽を愛し、優秀な職人の集団を雇って、太鼓、鈴、鐘、笙(しょう)、塤(しゅん)(オカリナのような丸い器の笛)を作らせた。音楽家らはそうした楽器を用いて、帝嚳がみずから作曲した歌を演奏した。音楽を愛し、権力もあるこの帝は、みずからの楽しみのために壮麗なる鳳凰を空に舞わせたことさえある。

　帝嚳の子孫の多くが偉大な指導者になっている。彼は妃、姜嫄(きょうげん)とのあいだに穀物の神で周の祖となる后稷(こうしょく)をもうけた。別の妃、簡狄(かんてき)とのあいだには商(殷)の祖となる契(せつ)をもうけた。さらに妃、慶都(けいと)とのあいだには、次のすぐれた帝となる堯(ぎょう)が生まれている。それだ

けではない。さらに別の妻は太陽を飲み込む夢を見たあとに8人の息子を産み、それぞれが神になった。けれども、それほどの大家族ともなれば、やはり敵意が頭をもたげる。たとえば、息子の閼伯（あつばく）と実沈（じっちん）は激しく戦い、世界を混乱に陥れた。父である帝嚳はこの不仲を永久に解決するために、ふたりを星にして、絶対に同じ時間に同じ空に上らないよう遠く離れた場所に配置するしかなかった。

❖下──賢人の堯帝は臣民に尽くし、国の安全を高め、さらなる繁栄をもたらすべく、怪物を追う狩人や、技術者を雇った。

❖賢人の堯帝

帝嚳の後継者は堯帝で、神話のなかでは賢者として描写されている。古い神話では、堯帝は帝嚳に嫁いだ人間の母親が赤い龍と結ばれて生まれたと言われているが、のちの文献では、神である帝嚳の血を正当に受け継いでいると強調されている。いずれにしても、堯帝は半神半人だ。

堯帝の治世は黄金時代だった。彼は知恵に見合うだけの慈悲深さも持ち合わせており、人々が安心して暮らせるよう努めた。玉座についた堯は、大地をうろついて人々の命を奪う巨大な獣の恐怖を取り除くことに焦点を当てた。戦士に臣民を守ってもらおうと考えた堯帝は、数々の狩人を試したのちに、弓矢の名手で天界を追放された后羿（こうげい）を見つけた。見ると、后羿は人々にやさしく接しているようだ。そこで、堯帝

第5章｜神話の英雄たち

堯帝は囲碁も考案した。

は后羿を朝廷の狩人に任命した。后羿は巨大な蛇を仕留め、いにしえの人食い巨人である鑿歯(さくし)を殺したばかりか、恐ろしい風の神、飛廉(ひれん)もなだめてしまった。

大地が洪水に見舞われると、堯帝は朝廷で助言を求め、鯀(こん)という名の優秀な技術者を見つけた。黄帝の子孫で、馬に姿を変えられる鯀は長い年月をかけて大地を掘り、運河を作るためにせっせと働いたが、やがて小川をせき止めるための土が足りなくなった。そこで鯀は天の庭園から不思議な土を盗む。厳罰は覚悟の上だった。結局、鯀は盗んだ罪で処刑されたが、その行動のおかげで息子の禹(う)が仕事を完了し、洪水を抑えることができた。

堯帝はまた、息子で後継者でもある丹朱(たんしゅ)に秩序と戦術的思考を教えようと、囲碁——盤の上に白黒の石を置いて競う戦略ゲーム——も考案した(囲碁はチェスより

❖下——蓮の形をしたこの盆の浮き彫り模様では、仙人や学者が古典的戦略ゲームとも言える碁を打っている。囲碁の対局は中国の芸術作品や物語はもちろん、現代の映画制作でも重要な位置を占めている。

も古いが、今でも楽しまれている）。丹朱は乱暴な若者に成長し、囲碁は上達したものの、やりたい放題で思いやりのない生活を続けた。やがて、丹朱に国を任せたなら、これまで努力して築き上げた黄金時代が破壊されると悟った堯帝は、息子を追放して、庶民のなかから新たな後継者を探すことにした。激怒した丹朱は朝廷内で堯帝を計略にかけようとしたが、囲碁の戦術を心得ていたとはいえ、それを実際の戦争にあてはめる力はない。息子のたくらみを見通した賢い堯帝は、逆に丹朱を陥れた。

　堯帝は世襲の代わりに実力主義を採用した最初の支配者である。謀反を起こした息子を追い出した帝はなおのこと、後継者は家族を大切にする人物でなければならないと考えるようになった。家族を大事にできるかどうかは、支配者として民と領土の面倒をみられるかどうかを示す指標となる。堯帝は家来や役人に、後継者にふさわしい人物をくまなく探させた。そうして見つかったのが、歴山に住み、家族から虐待されながらも従順さと愛情しか返さない若者だった。その若者は当初、たんに愚純なように見受けられたが、聞くところによると、手がけることすべてに秀でているという。その能力をさらに試してみようと考えた堯帝は、娘の娥皇（がこう）と女英（じょえい）を嫁がせて、舜という名のこの若い農夫を見定めることにした。

❖ 親孝行の舜帝

　舜はことのほか醜い子どもで、肌は黒く、目には瞳孔がふたつずつあり、顔は龍だった。出産時に母を失った舜は、父、継母、異母弟から悪の化身であるか

❖上──堯帝と技術者の禹による治水の進捗状況が示された絵屏風。伝説では、禹の徳が高かったために、象が手伝いにやってきて牙で土を動かした。

のように扱われた。殺されかかったことも少なくない。それでも、舜は家族を裏切ることなく、みなが快適に暮らせるよう、畑の作物がよく育つようにとせっせと働いた。やがて家族は、堯帝が舜に目をかけたことに腹を立てた。自分たちではなく、その奇形の子どもが帝の注意を引いたことに嫉妬したのである。それが、舜を葬ろうとする気持ちに拍車をかけた。

　ある日、舜は父から納屋の屋根の修理を命じられた。道具と藁を並べていると、娥皇がやってきて、屋根に上る前に鳥模様の上着をはおるよう強く勧める。舜が

屋根の穴を埋めようと忙しく働いていると、父親が梯子をはずして納屋に火をつけた。だが、舜は鳥の上着に運ばれて難なく飛び降り、消火を手伝った。翌日、今度は継母から井戸の底をさらうよう命じられた。すると、ぬかるみのなかへ下りようとする舜に、女英が龍模様の上着を手渡す。舜が井戸の底に下りるやいなや、継母とその息子が急いで井戸の上部をふさいだ。だが、舜は龍模様の上着のおかげで水のなかでも呼吸ができたため、井戸の水源になっている地下の泉を通って泳いで地上に出た。井戸水がきれいになるよう、

進みながら泥やごみを脇へよけることも忘れなかった。

3日目、舜の家族は一緒に飲もうと彼を誘った。家族は暑くなるほど盛大に火をおこして、舜が妻たちの不思議な上着をはおれないようにしたうえで、酒に毒を盛り、くつろぎながら舜が倒れるのを待った。彼らは知らなかったが、じつは妻たちは、どんな毒でも中和するような治療と予防効果のある薬草を入れた水で、事前に夫を沐浴させていた。舜は言われるままに酒を飲み、両親のもてなしに感謝すると、妻たちのもとへ帰っていった。

この神話のいくつかの説では、舜が火の神、土の神、そして天の龍の助けを借りてこうした試練をくぐり抜け、それによって、帝だけでなく神々からも支持されるほど有能な人物であることが証明されたと伝えられている。そうして、舜がすぐれた指導者になる見通し

❖下──舜帝の墓であることを示す像。帝は笑みを浮かべながら、7弦の楽器、古琴を奏でている。

❖**左**——舜と、堯帝の娘たちの物語は、この日本の浮世絵を含め、アジア各地の作品に影響を与えた。ここでは川の姫たちが水の上を歩いている。

はますます高まった。帝になった舜は、人々がなおも荒れ狂う洪水の犠牲になっていることを知り、朝廷で協議したのち、鯀の息子で新たに治水対策を行うことになった禹を支援した。また、后羿を登用して、自国と隣国を隔てている壁を取り壊した。舜の時代は平和になり、音楽や舞踊が広く学ばれるようになった。

　舜が偉業を達成できたのは孝行心があったからだけでなく、妻や家臣の助言に耳を傾けたからだと言われている。争いが起きたときには、それぞれの視点を理解すべく、当事者とともに時間を過ごしてからそれを収めた。即位50年目、舜は国土をめぐることを決めたが、病に倒れ、湘江の近くで息を引き取った。娥皇

と女英は湘江のほとりで泣き続け、その涙の跡が今も川辺の竹に斑点となって残っている。あまりの悲しみに耐えきれなかったふたりは川に身を投げ、天に上って川の女神となった。

舜には息子たちがいたが、彼は堯帝の例にならって、世襲ではなく最も有能な人物を後継者に指名した。国を洪水から救い、その後は軍を任されていた禹が次の帝に定められた。その選択はだれの目にも正しく、舜の発言に疑いを抱く者はいなかったため、継承は滞りなく進んだ。

●──その他の伝説の英雄

当然のことながら、神話の英雄となって公式に崇拝されている中国の伝説的指導者以外にも、たくさんの英雄、人類を救うために信じられないような行動をとった神々や天界の人々、中国人にとって特定の資質の象徴となっている霊、そして人々の日常生活を劇的に向上させたすばらしい発明家たちがいる。特に有名なものをここに挙げよう。

> 不老不死の力を取り上げられたにもかかわらず、后羿は頭がたくさんある九嬰や人を食う窫窳と戦い、獲物を狙う巨大な鳥、大風とは翼の上で格闘して追い払った。

❖伝説の射手──后羿

后羿はかつて、射手としての力と技能で名が知られていた部族の長だったのかもしれない。神話では、まず天界の人として登場する。狩りの腕前とハンサムな容姿を持つ后羿は、天で最も優雅な踊り子だった嫦娥(じょうが)の心を射止めた。また、腕を買われて、太古の天帝、帝俊から重要な役目を任される。

❖左──洞庭湖の蛇と戦う伝説の射手、后羿の像。

　あるとき10の太陽が日々の仕事に飽きて、みなで一度に空に上がろうと決めた。そのすさまじい熱は大地を焦がし、川を干上がらせ、地上の生き物を殺してしまった。太陽の破壊行為を止めるよう命じられた后羿は、太陽の父でもある帝俊から矢筒いっぱいの矢を与えられた。

　后羿は暑くて耐えきれなくなるところまで高く、扶桑の木を登った。后羿はまず、太陽に下りてくれるよう頼んだ。次に彼らを脅した。けれども太陽は自分たちの明るさにうっとりしながらはしゃぎ回り、后羿の

言葉には耳も傾けない。その傲慢さと被害の大きさに腹を立てた后羿は、天帝の矢を取り出すと、太陽をひとつずつ射落とした。矢が太陽の心臓を射抜くたびに、太陽は地上に落ちてしぼみ、3本足のカラスになった。最後の矢を放つ直前、后羿は太陽の母である羲和(ぎか)と、太陽がひとつもなくなれば人間は生きられないと悟った堯帝に止められた。

　天に戻った后羿は任務を達成して感謝されるものと思っていた。ところが、自分で討伐を命じておきながら、子どもたちを失ったことに耐えきれなかった帝俊の怒りに直面する。かくして、后羿と嫦娥は不老不死を剥奪され、天界から追放されて、地上で人間として生きていくことになった。

　嫦娥は地上の暮らしを嫌ったが、后羿はすぐに堯帝に命じられた新たな任務に取りかかった。今度は地上を悩ませている不思議な獣や怪物の退治である。不老不死の力を取り上げられたにもかかわらず、后羿は頭がたくさんある九嬰(きゅうえい)や人を食う窫窳(あつゆ)と戦い、獲物を狙う巨大な鳥、大風(たいふう)とは翼の上で格闘して追い払った。やがて、その努力の成果を認めた堯帝は后羿に「侯(后)」の称号を与え、人類を救うために天界での地位を失ったことを思いやって、西王母の天上の桃、蟠桃から作った不老不死の霊薬も授けた。霊薬はひとりで全部飲めば天に上って神の地位を得られるが、ふたりで分ければ地上での不老不死を得られる。家に戻った后羿は、大切に保管しておくよう、妻の嫦娥に薬を預けた。

❖ 月の女神──嫦娥

　嫦娥の物語は、中国神話のなかで最も広く語り継がれ、また語り直されてきた話のひとつである。なかでもよく知られる説では、嫦娥は夫から不老不死の霊薬を保管するよう受け取ったものの、その力が気になってしかたがなかった。后羿は狩りと怪物退治に明け暮れる生活を続けていたが、夫が長く家をあけると、嫦娥の心はすぐに霊薬に戻っていった。再び女神になっ

❖**左**──盗んだ不老不死の霊薬が入った伝説の瓶を手にする嫦娥。

第5章｜神話の英雄たち　　　175

❖上──月の女神、嫦娥の好物だったと言われている月餅は昔から、月が最も明るい中秋節に食べる。

て、天の快適な暮らしに戻りたかったのだ。

　ある日、嫦娥は誘惑に負け、霊薬を隠し場所から取り出すと、全部飲み干した。空へと上り始めた嫦娥はふと、天に戻れば夫の行動に腹を立てている帝俊と顔を合わせなければならないことに気づいた。仮にその問題がもう収まっていたとしても、霊薬を盗んだことは同じくらい恥ずべき行為である。やり直すことも、上昇を止めることもできないため行き先を変えた嫦娥は、ひとりで月の表面に降り立った。

　この神話の別の物語では、嫦娥はもっと善人に描かれている。ある話によれば、后羿が人間界を離れるのを嫌がったため、ふたりはいよいよ命が尽きるときまで霊薬をとっておくことにした。ところが、后羿の弟子の逢蒙（ほうもう）が不当に不老不死を望み、嫦娥の寝室に忍び込んで、むりやり霊薬を奪おうとする。嫦娥は抵抗し

たが、逢蒙の手から霊薬を守っているうちに飲み込んでしまった。

　いずれにしても、月が地球に最も近く、明るいときに、嫦娥の好きな食べ物を供える伝統は、后羿が妻を恋しがったことが発端だった。中秋節に行われる慣習はこうして始まったと言われている。

　3つ目の説では、狩りの腕で人々の心をつかんだ后羿が、堯帝をしのぐ力を手に入れる。后羿はたちまち自分の持つ力に有頂天になって、天の矢で脅しながら自分の意見を押し通す暴君となった。残忍な独裁者が不老不死の力を得たら人類は破滅を逃れられないと考えた嫦娥は、自分で霊薬を飲み干した。后羿が残りの矢すべてを使って天に上る嫦娥を射落とそうとしたため、彼女は月に逃げざるをえなくなった。この場合、中秋の名月の日に供物を捧げる伝統は、犠牲になった嫦娥の行動に感謝するために始まったことになる。

　嫦娥は月で孤独ではなかった。中国の神話には、長い年月のあいだに姿を変えながら、さまざまな月の精が登場する。ある話では、霊薬を飲んでしまった罰として、嫦娥はさらに多くの霊薬を作るために、3万年を要すると言われる蟠桃を潰す仕事に従事させられている。別の話では、傷口に塩を塗るかのように、嫦娥はヒキガエルの姿に変えられてしまった。ひょっとするとそれは、月の表面に見える影の形に基づいているのかもしれない。ほかに、すりこぎを持ったうさぎが登場する話もある。現在、玉兎（ぎょくと）として知られているこのうさぎは嫦娥の友で、嫦娥が自分の運命と失われた愛について思いふけっているあいだ、霊薬を作る桃を潰していると考えられている。

❖子どもの神・守護神──哪吒

　中国の神々の大部分は成人の姿をしており、見た目が子どもの神でさえなかなか見つからない。けれども、永遠に子どもの神がひとりいる。それは守護の神で中壇元帥とも呼ばれる哪吒だ。

　哪吒は、中国で神として崇められるようになる前、仏教信仰の礎となる四天王のひとりでヒンドゥー教の神としても名を連ねていた多聞天の息子だった。物語が中国に届くと、この神話のなかの人物は天宮にいる

❖右──落ち着いた格好の永遠の子ども、哪吒。中国の神が子どもの姿をしていることはめったにない。

ことになった。迫り来る鬼の脅威から世界を守ることが重要だと考えた玉帝が、中国の四天王にあたる李靖（りせい）の息子として生まれ変わるよう、哪吒に命じたという。

　李靖にはすでに息子がふたりおり、3人目が生まれても特に問題はないと思われた。ところが、妻が産んだのは巨大な肉塊のような卵だった。妻は3年半のあいだ、それを大切に育てていたが、日増しにいら立ちを募らせた李靖は、卵にはきっと鬼が入っているに違いないと思い、剣で切り裂く。すると、なかから現れたのは立派に成長した子どもで、赤い光輪に包まれ、手のひらに哪（「この場所」の意）と吒（「物音」の意）と記されていた。哪吒は卵から出た瞬間から歩くことも話すこともでき、すぐに宮殿内外に友だちを作り始めた。

　陳塘関（ちんとうかん）に近い浜辺で遊んでいた哪吒は幼い少年少女と親しくなったが、ふたりが東海の龍王に追われているとは知らなかった。そこへ霊が現れてふたりを連れ去ろうとしたため、哪吒は霊を殺してその新しい友だちを守ったが、あとからやってきた龍も倒してしまい、龍王たちの怒りを買う。それから哪吒は、40回におよぶ龍王たちとの激しい戦いで龍王の9人の息子たちと龍王を倒し、さらに誤って女神、石磯（せっき）とその息子も殺（あや）めてしまった。やがて落ち着きを取り戻した哪吒は、玉帝の面前で罰が下されるのを待つことになった。自分の行いが家族ばかりか陳塘関の居住者全員を危うい立場に立たせていると悟った哪吒は、罪を償うために自分の死を選び、ほかのだれにも処罰が科されないようにして、この世に産んでくれたお礼にと骨を両親に届けさせた。各海

> 哪吒は、40回におよぶ龍王たちとの激しい戦いで龍王の9人の息子たちと龍王を倒し、さらに誤って女神、石磯とその息子も殺めてしまった。

第5章｜神話の英雄たち

の龍王は哪吒の死を祝った。

　その後、哪吒の魂は母親が密かに建てた寺に残り、訪れた人々の病を治したり、運を上げたりしていた。だが、寺の存在を知った父親が、哪吒が崇拝されていると知られた場合の龍王の怒りを恐れて、寺院を焼き払ってしまう。天に上らず、地上をさまようことになった哪吒の魂は、かつての師で仙人の太乙真人（たいいつしんじん）と出

❖右──龍王たちと戦う哪吒の像。彼が持つ武器のなかで最強の乾坤圏を振るっている。

会い、引き取られた。やがて、太乙は天の蓮を使って魂のための体を作った。茎が新たな骨に、根が肉に、葉と花びらが服になった。その新しい体にはとてつもない力が宿っており、哪吒は風火二輪に乗り、火尖槍を振り回しながら現れた。

　人間界に戻った哪吒は、父親の臆病に腹を立て、復讐を考えた。李靖を見つけた哪吒は戦いを挑み、兄たちの介入がなければもう少しで殺してしまうところまで父を追い詰めた。父と兄たちが3人がかりで、蘇った哪吒相手になんとか持ちこたえていると、仏陀が現れた。仏陀は李靖に装飾の施された金色の仏塔を授ける。その仏塔の窓からはそれぞれ異なる仏陀の姿が見えた。それらの化身をすべて父の生まれ変わりとして扱うよう諭された哪吒は、仏塔の仏陀たちの輝く光を浴びて一族の義務に従った。

　その瞬間、ついに哪吒の能力がすべて解放されて、運命で定められていたとおり、彼は人間界の守護者となった。人間の体にあった獣のような怒りと、魂を満たしていた復讐心から解き放たれた哪吒は、たちまちのうちに正義を行使する力となった。彫刻や絵画の哪吒はしばしば、ヒンドゥー教の神の名残りで3つの顔と6本の腕を持つ姿で描かれているが、天の36将軍を率いる大元帥、また天門の守護者として、神聖な武器を振りかざして素早さと機敏さも示している。

❖猿の王──孫悟空

　孫悟空はおそらく中国神話のなかで最もよく知られている登場人物だろう。この猿の物語は今日でも繰り返し語られている。

❖四天王

　金色の仏塔を手にしている李靖は四天王——中国の仏寺の入り口によくある銅像——のひとりとみなされているが、実際にはもう少し複雑だ。ヒンドゥー教の「世界を守る者（ローカパーラ）」によく似た四天王は仏陀の敬虔な弟子で、世界に目を光らせながら法（ダルマ）を守護しており、20柱の神とともに最も信心深い仏教の護法神（ダルマパーラ）（仏法を守るために現れた存在）の集団に属している。

　その役目において、李靖は毘沙門天、あるいはより一般的には多聞天と呼ばれる。多聞天は四天王のリーダーで北方を守護している。肌は黄色もしくは緑色で、左手に三叉の武器、右手に言うことを聞かない哪吒を静めるときに仏陀から授かった仏塔を持っている。四天王にはほかに次の人物がいる。

- 広目天（こうもくてん）、すべてを見通すこの天王は赤い肌と3つの目を持つ。赤い蛇を持った姿で描かれることが多い。蛇は投げ縄のようにも見え、それを使って人々を仏教信仰へと引き寄せる。広目天は西方を守護している。
- 増長天（ぞうちょうてん）の教えは、聞く者の理解と思いやりの心を増大させると言われている。風の神で南方を守護しているこの天王は、淡い青色の肌と剣で見分けがつく。剣は安穏を願う者から心配ごとや不吉な考えを切り離すときにしか使われない。
- 持国天（じこくてん）は国を維持し、人々の団結を強化する。東方の守護者で、「武器」はまさかの琵琶だ。持国天はそれで調和の気持ちを広げる。この天王の像はたいてい、尋常ではないほど青白いか、あるいは真っ白な肌をしている。

　四天王を人の姿をした四神とする説もあれば、かつては獣の姿をした敵同士だったとする説もある。巨大な獣が自由に走り回っていたころ、衛と衛欽という名の2匹の子どもの龍は、太陽をさえぎるほどの羽を持つ巨大な鳥、2羽の大鵬鳥に狙われていることに気づいた。妙音と小音という名のその鳥に追われた龍はやむなく海に隠れた。すると水辺で阿弥陀仏が教えを説いている。耳を傾ける以外にすることがなかった龍たちはゆっくりと近くに寄って、教えを学び始めた。

　仏教を深く学ぶにつれて、龍たちは体も心も強くなり、やがて、大鵬に見つかっても危害をくわえられることがなくなった。落ち着いた龍の姿に驚いた鳥たちは、なにが変わったのかと尋ねる。龍は鳥を仏のもとへ案内し、鳥たちもまた教えを受けた。熱心に信仰したその4匹の生き物は兄弟のような関係になり、教養が高くなるにつれて人間の姿へと近づいた。

　やがて師が、釈迦の誕生が迫っていると彼らに告げた。4人は釈迦を助けて大地を守るべく協定を結び、今日の状況に落ち着いた。鳥たちはそれぞれ西と北の王に、龍たちは東と南の王になったのである。

❖**左**——四天王の持国天と増長天。持国天(左)は調和を促す琵琶を持っている。

　天地が創造されてから間もないころ、花と果実に恵まれた山の頂上に巨岩があった。盤古が孵った殻の破片なのか、女媧がひびの入った天を修理するために拾った石なのかはわからないが、それは特別な岩で、大地、空、太陽、月から栄養をもらっていた。とてつもなく長い年月ののち、そこから卵が現れた。自然の影響を受け続けた石の殻は、やがてぱっくり割れて、なかから立派に成長した猿の精が飛び出してきた。

　猿が自分を育んでくれた花果山へ行くと、自分にそっくりの姿をした生き物がたくさんいる。猿はすぐに群れの仲間になり、やがてリーダーになった。滝の裏側に、住処と呼べるような安全に隠れられる洞窟を見つけたこの猿王は、その豊かな土地でだれひとり飢えることがないように、また群れを傷つけた猿は必ず追放されるようにと目を配った。

　猿王と群れはしばらくのあいだ、気ままに暮らして

第5章｜神話の英雄たち

❖ 上——たくさんある孫悟空の術のひとつは、ひと握りの毛から分身を作り、軍団として戦わせることだった。

いた。けれども、いくら賢いとはいえ、猿王はこの世に生まれたばかりの石の猿である。自分の周りの生き物が病に倒れたり、年老いたりして息絶えるまで、死を含め、命に限りのある存在の循環についてはまったく理解していなかった。猿王はもっと強くなって民を守りたいと思った。そこで倒れた木でいかだを作り、自分を導いてくれる存在を求めて旅に出た。若い猿に教えを授けてもよいと考える仙人の師が見つかるまでに10年かかったが、いざ見つかると、師はこの猿に秘められた可能性にたいそう感心し、「孫悟空」という名を与えて道教の思想を手ほどきした。

　それから20年かけて、孫悟空は多くの仙術を習得した。雲を突き抜けて1万6000キロもの距離をすばやく移動することが可能な觔斗雲もそのひとつである。七二変化も覚えた。自前の好奇心から学ぶのは早かったが、そそっかしい性格ゆえに完璧にはこなせず、なにに姿を変えても必ず尻尾が生えていたという。孫悟空は師が教える術を学ぶよりむしろ勝手に独自の仙術を編み出して、自分の毛1本だけに変化の術をかけたり、自分の術で師や他の弟子たちにいたずらをしたりした。仙人はこの猿の無礼に腹を立

て、謝るか、そうでないなら家に帰れと猿を叱った。プライドが高すぎて謙虚になれない孫悟空は、必要なものごとはすべて学んだと思い、觔斗雲に乗って、30年前にあとにした山を目指した。

　山へ戻ると、木々はふたつに割れて枯れ朽ち、花は踏み潰され、猿の群れが必死に生き延びようと地面をあさっていた。孫悟空がいないあいだに、大地は惨事をもたらす怪物に荒らされ、滝の裏の洞窟が占領されていたのだ。けれども、孫悟空にとっては怪物を退散

❖左──孫悟空とほかの弟子たちが、巡礼の途中で玄奘の変装を手伝う。豚の猪八戒、僧の沙悟浄、そして猿の孫悟空はみな人類の欠点の表れだ。

させることなど朝飯前である。彼は両手いっぱいに自分の毛を引き抜くと、それをみな兵に変えて、怪物を土地から追い出し、棒で頭をたたき割った。自分の不在がそのような事態を招いたことに心を痛めた孫悟空は、もっと強くなろうと努力したが、山を守るにはよりすぐれた武器が必要だと気づいた。

　孫悟空は旅の途中で覚えた閉水の法を使って、龍王の水中宮殿を訪れ、すぐれた武器を求めた。猿が水中でも生きていられる術のせいで自分が戦えないと気づいた龍王は、この小さな生き物の機嫌を取って、人間が海に落としたものがたくさんある部屋へ連れてゆくと、そこが自分の「宝物庫」だと述べて、好きなものを持っていけと告げた。だが、猿王の目に価値あるものとして映った唯一のものは、部屋の中央に立ち、アーチ型の天井にまで届く、大きな棒だった。それこそが、持つ人が望むままにどんな大きさ、どんな重さにも変えられる不思議な杖、如意金箍棒（にょいきんこぼう）である。棒は龍王の宮殿の大黒柱でもあった。むろん、孫悟空はそんなことなど気にしない。龍王はなんでも持っていけと言ったのだからと、その大きな棒を手に取ると、針ほどの大きさに縮めて耳の後ろにはさみ、水圧で崩れ落ちる宮殿には見向きもせずに泳いで家に帰った。

　龍王が孫悟空を地獄に引きずり込んでくれるよう、冥界の閻王に直訴すると、閻王はそれを聞き入れた。何がなんだかわからなかった孫悟空は、地獄の最初の門に連れてこられて、門番が魂を肉体から離そうとしたところで、ようやく事態を理解する。そこで、すば

❖左ページ──試練を終え、経典を集めた玄奘と弟子たちがようやく中国に戻ってくる。

> 猿王の目に価値あるものとして映った唯一のものは、部屋の中央に立ち、アーチ型の天井にまで届く、大きな棒だった。

やく杖を取り出すと、こん棒の大きさにして、門番の意識がなくなるまで殴った。それから書記に向かって、魂の台帳を出すよう命じる。自分の名前を見つけた孫悟空は、書記の筆を使ってそれを抹消し、続けて花果山の猿全員の名前も消した。そして書記の手に台帳を押しつけると、自分と仲間はもう死とは縁がないと言い残して地獄から出ていった。

　この騒動のあと、龍王と閻王はそろって、このころまでにはみずから「斉天大聖(せいてんたいせい)」を名乗っていた孫悟空をどうにかしてほしいと玉帝に請願した。やりたい放題のその生き物が力を得つつあるのを見ていた玉帝は、孫悟空を「道」の教えに引き戻す最良の方法は、天の朝廷で働かせることだと考えた。玉帝は猿王に、群れはもはや死をも免れるのだから、天に上って「弼馬温(ひつばおん)」という立派な肩書きの役職につけと命じた。自尊心をくすぐられた孫悟空はそれに応じたが、いざ天の厩(うまや)に着いてみると、仕事はたんなる馬の世話でしかなく、天馬も地上の馬と同じようにたくさん糞をするとわかった。

　対等だと思っていた相手からのこの仕打ちに腹を立てた孫悟空は、如意棒を大きく伸ばし、天の門や広間に振り下ろして、天宮を壊し始めた。また、大元帥哪吒をはじめとする天界の各将軍たちとも戦って、彼らを打ち負かした。

　実際、仏陀その人にすくい上げられなければ、孫悟空は天を完全に破壊していたことだろう。怒りをみなぎらせたこの猿王は仏陀も倒すと脅したが、仏陀はただ微笑みながらこう告げた。もしわたしの手のひらか

> 仏陀その人にすくい上げられなければ、孫悟空は天を完全に破壊していたことだろう。

ら逃れるという単純なことに成功したなら、だれにも邪魔されずに宇宙を支配してもよい。けれどもそれができないなら、罰を受けよ。猿王はなんの躊躇もしなかった。返事さえしなかった。くるりと背を向けると、何度も繰り返し、最後には疲れ果てて息を切らしながらも、宇宙の端まで走っていった。そして、そこまでたどり着いた証しに、世界の果てを示す5本の柱に、尾の先端で「斉天大聖ここにいたり」となぐり書きをした。

孫悟空がほくそ笑みながら向きを変えると、仏陀と目が合った。仏陀は微笑みながら、その小さな猿の背後を見つめ、5本の指を動かしてみせた。猿が世界の果てにある柱だと思っていたものは、仏陀の5本の指だった。生意気な猿が自分の名前を書きなぐった壁は

❖ 下——孫悟空の話は今も中国で愛されており、戯曲、映画、さらにはビデオゲームを通して、繰り返し演じられ、語り継がれている。

第5章｜神話の英雄たち　　189

仏陀の指だったのである。仏陀は孫悟空を地上へ戻した。そして、指を曲げて5つの元素を呼び出し、この猿の精に重しをする巨大な山を作って、「道」の導きによって世界に戻れるようになるその日まで、猿をそこに閉じ込めた。

　孫悟空は何百年ものあいだ山に閉じ込められたままだった。逃げようともがいても割れ目から頭を出すのが精一杯で、その割れ目もすぐに神々が唱える呪文で埋め戻されて、動きを封じられてしまった。

　500年後、玄奘(げんじょう)という名の若い修行僧が、仏陀に導かれてこの山にやってきた。孫悟空が山に閉じ込められてから会話をする初めての人間である。孫悟空は自分の悪行についてじっくり考えはしたものの、なによりも自由になりたかった。僧は聖典を受け取るために西へ向かっているという。僧が言うには、強い護衛を探すよう命じられているが、自分に服従を誓う者しか連れていくことはできない。孫悟空は一も二もなく玄奘の弟子になることに同意した。玄奘がこの猿を懲らしめようと思えばいつでも締めつけることができる輪を、頭にはめることさえ厭わなかった。輪がはめられると、山が割れ、猿王が解放された。

　孫悟空と玄奘の旅、道中で見つけた仲間たち、一行が戦った妖怪や脅威については詳しく記録に残っているが、それぞれにみな、この猿王に少しずつ思いやりや感情の制御を教え、修養を積ませ、精神を鍛えるという目的がある。

　14年を越えてともに旅した玄奘と孫悟空は、西へ向かう道中の80の試練と帰路の最後の試練をくぐり抜けた。9×9回の試練に立ち向かい、人類のために

苦しみ悩んだふたりは、戻ったときに神の地位に昇格した。孫悟空は親切や人を許すことの価値を知っただけでなく、牛魔王や鉄扇公主[羅刹女とも呼ばれる]といった妖怪、人をそそのかす蜘蛛の妖怪、恐ろしい白骨精との戦いから、抑圧に抵抗すべきときも見極められるようになった。彼は「闘戦勝仏」の称号を授かっている。

❖農業と医学の守護神——神農

神農という名は、最も賢く、創造性があり、機知に富んだ中国のいにしえの神々のひとりで農業と医学をもたらした神を思い起こさせるが、ほかにも多くの商売や職業の守護神として認識されている。しかしながら、「神農」になる前の人物にも、その起源となる長い物語がある。

❖下——農業と医学の守護神、神農は、それぞれの植物が料理や医療に適しているかどうかを、すべて自分の体で試していた。

第5章｜神話の英雄たち

姜石年として生まれた彼は、人間の母と龍の子だった。生まれてから3日で流暢に言葉を話し、5日で歩いた。3歳になるころには、作物の種まきや刈り入れを含む大地の仕組みをすべて理解していた。けれども、姜の名が知れ渡るようになった理由はそれではない。

姜にはもうひとつ名前があった。炎帝、つまり黄帝の弟である。ふたりは青年のころ、世界支配をめぐって戦った。両者の戦いは長く激しく、黄帝が勝ったと言われているが、それ以降、炎帝としての姜についての記録はない。潔く負けを認めたのか、自分には植物や土壌を通して世界を豊かにするほうが適していると悟ったのか、いずれにしても姜は山へ引きこもって平穏な暮らしを送った。

誕生したばかりの人類はまだ土地の耕作を始めていなかった。毒のある果実、動物の血、地を這う虫など、見つかるものを手当たり次第に食べたり飲んだりして生きていたため、しばしば毒や痛みに悩まされていた。姜は人々に5つの穀物（米、キビ、アワ、小麦、大豆）の種まきと収穫の方法、農業に適した土地の選び方、やせた土地を改良する方法を教えた。そうして姜は「神農」の称号を得た。

神農はまた、たんなる生命維持を超えた食の楽しみも人々に教えた。さらにシャベル、くわ、すきを考案したばかりか、井戸の掘り方や土地の灌漑も指導した。神農は1年を24の季節に分け、それぞれの作物に適した種まき、間引き、収穫の時期を示した。神話によっては、中華料理に絶対に欠かせない作物、ショウガの栽培を始めたのも神農だと言われている。

枝分かれする球根植物のショウガは、根を下ろして

❖**左ページ**──春節の飾り。神農がみずから発明したすきやくわなどの農具に囲まれている。

❖ 神農と茶

　神農が世界中の植物の分類に乗り出したとき、最初に試したもののひとつが小さな緑色の葉だった。飲むと体全体が回復する効果がある。神農はそれに、「調べた」を意味する動詞の「査(チャ)」と記した。神農はその後もあらゆる形や大きさの植物を食べたり飲んだりしてみたが、疲れたり気力を失ったりしたときは、その小さな緑の葉を口にした。すると元気が回復して意欲が湧くような気がする。その小さな緑の葉はやがて名詞の「茶」と呼ばれるようになった。興奮を収め、爽快な気分にするその効果から、茶は、世界中とは言わないまでも、中国になくてはならない薬草のひとつとなった。茶と言えば、『茶経』を著し、茶聖とも呼ばれる陸羽の名がよく知られているが、最初の発見者が神農であることを忘れてはならない。

　成長する場所を探していたが、どこで芽を出しても引き抜かれ、太陽の光で枯らされてしまう。それどころか、ピリッとする味から人々に毒だと思われているようだ。そこでショウガはよい場所を求めて走り続けた。あるとき、ほかの場所より植物の背丈が高く、大きく、おいしく育っている場所に出くわした。近くにいた冬

瓜がショウガに語るには、その地を耕している農夫は神農というらしい。ショウガは神農に助けを求めた。神農はショウガのために日当たりのよい場所を見つけてやり、その味、見た目、構造から、香辛料として使えるばかりか、体を温める薬草として利用できることを見抜いた。

　ショウガの研究以外にも、神農は大地に生えているものすべてを調べ、医療に使える植物がたくさんあることを発見した。不老不死の神農は最も危険な有毒種を食べても大丈夫だった。衣の下の体はガラスのように透明で、植物が体におよぼす影響を実際に目で見て理解することもできた。また、においで無害なものを嗅ぎ分け、どの植物がどの料理に適しているのかを書き留め、中国の伝統医療の原則――体を冷やす陰、温める陽、効き目の強さと毒性――に従って有効な植物を分類した。

| ショウガは神農に助けを求めた。 |

神農は人間の脈、体をめぐる体液と気の流れを研究した最初の人物でもあり、鍼術と吸角療法(カッピング)の活用法も探った。そして調査結果をすべて、中国最古の医学書『神農本草経』にまとめ上げた。最後の記述は、すでに40万種を超える植物を試してきた神農がそれまで見たことがなかった小さな黄色い花を食べたときのものである。その花を飲み込むやいなや、神農には腸がばらばらに裂けるのが見えた。そして、そのようすを観察して記しているあいだに息絶えた。この植物は断腸草、あるいは「優美なジャスミン」(ゲルセミウム・エレガンス)として知られている。

第5章｜神話の英雄たち

❖**右**——神になった戦士、関羽が、三国の英雄仲間である劉備、張飛と並び立つ。

❖ **忠義と正義の武将——関羽**

　関羽は中国の主要な宗教だけでなく民間信仰でも神とみなされている。たいていは赤ら顔に長い口ひげとあごひげがあり、緑色の衣の上に金色の鎧を着て、特徴的な青龍偃月刀を携えている。

実在した関羽は詳しい記録が残る歴史上の人物である。陝西生まれの関雲長（せんせい）は並外れた力を持つ鍛冶屋だった。不平等な時代だった漢元帝の治世に生きていたが、いつも弱者を守ろうとしていた。伝説によれば、地元の商人が自分たちから水を買わせようと村の井戸を石で埋めているのを見た雲長は、激怒して、意図せずその男をなぐり殺してしまった。報復を逃れようと村を出た彼は、やがて潼関（どうかん）にたどり着く。門番につかまるものと覚悟していたが、だれも自分がだれだかわからないようである。川に姿を映した雲長は、自分の顔が真っ赤になっていることに気づいた。
　以来、彼は名前を関羽に変えて身を潜めたが、多勢の反乱軍を鎮圧するために一般人にも招集がかかった。この時代は中国各地で大きな戦争があり、幾人かの将軍や司令官が伝説級の地位を獲得している。なかでも関羽は戦闘の激しさ、信頼の厚さ、仲間への献身で飛び抜けていた。戦場で数千人を相手に戦いながらも、自分の身の安全にはほとんど関心を示さなかったと言われている。あるとき彼は毒矢で傷を負った。医者は骨から毒をこすりとるためにすぐさま手術をしたが、関羽は将棋をすることで気をそらし、痛がるようすを見せなかったという。けれども、勇敢で力強い関羽でも戦略を無視したがために敵の捕虜になってしまうことがしばしばあった。
　関羽を捕らえた魏の支配者、曹は、この戦士が貴重な人材であることを見抜き、召使いの女を手始めに、自分の妻までをも使って誘惑し、味方につけようとした。義兄弟への忠義を破らせようともした。捕虜だった関羽は結局、曹に仕えることに同意したが、できる

限り早い機会に仲間のもとへ戻るという条件をつけた。関羽は見事に責務を果たしたが、契りを交わした戦友、劉備(りゅうび)の居場所がわかったある日、再会を目指して長旅に出た。

その忠義がやがて、関羽の命を奪うことになる。味方の拠点だと思っていた呉の国の砦へ急ぐと、待ち構えていたのは劉備を裏切った孫権(そんけん)だったのだ。関羽は呉の軍に捕らえられてしまった。孫権も曹と同じようにこの腕の立つ戦士を自軍に引き入れることを考えたが、仕返しを恐れてすぐさま処刑してしまった。

関羽の偉業の伝説はたちまちのうちに広がって、民の英雄としての地位は不動のものになった。処刑と同時に魂が空へ飛び上がり、天へ向かったとする話もある。関羽が命を落とした町には寺院が建立された。隋王朝(581–618)以降、関羽は正式に戦場の神と認められ、帝たちから次々に義勇武安王、協天大帝、壮繆侯といった諡(おくりな)を与えられている。現在は関帝、あるいはより親しみを込めて関公(関おじさん)と呼ばれている。

> 伝説によれば、地元の商人が自分たちから水を買わせようと村の井戸を石で埋めているのを見た雲長は、激怒して、意図せずその男をなぐり殺してしまった。

❖ 鬼殺しの鍾馗

神話には怪物や霊がたくさん登場する。鬼を食べる巨人の赤郭から神兵を指揮して鬼を退治した張陵まで、悪魔や鬼を退治する人物が中国の民衆のあいだで英雄になったとしても不思議はない。けれども、鍾馗(しょうき)ほどその分野でよく知られ、また愛されている神や英雄はいないだろう。

鍾馗は片目が人をにらみつけているようで、もう片

方の目は見えないというまったく学者らしくない見た目をしている。もじゃもじゃの髪、あごひげ、口ひげはみな異常な角度で突き出ている。この野生的で恐ろしい風貌は、鍾馗が酒に酔って仏教の儀式を台無しにしたあとに、100匹の鬼に襲われたせいだと言われている。鍾馗は戦って鬼を追い払ったが、100方向に引っ張られた髪は二度と昔のようになでつけられなくなった。争ううちにひっかかれた片目は、悪霊以外はなにも見えなくなった。

それでも鍾馗は勉学を続け、王朝官吏の最難関試験、進士を受験した。試験には見事な成績で合格したが、唐の皇帝、徳宗に笑われ、かくも鬼のような形相の人

> 鍾馗は片目が人をにらみつけているようで、もう片方の目は見えないというまったく学者らしくない見た目をしている。

❖下――この凝った作りの竹の彫刻では、1匹の鬼を下敷きにしている鬼殺しの鍾馗に、自分たちを食べないでくれとほかの鬼が貢ぎ物を捧げている。

第5章｜神話の英雄たち　　　199

間にそのような名誉を与えるわけにはいかないと資格の授与を拒まれた。若気のいたりで人生を棒に振ったことを恥じると同時に怒りを覚えた鍾馗が石壁に頭から突っ込むと、壁と頭蓋骨の両方がぱっくり割れた。

　鍾馗の人生についてはそれ以外なにも記されていない。それはそうだろう。普通なら100匹の鬼に襲撃さ

❖右——荒々しい髪と目を持つ伝説の鬼殺し、鍾馗その人も、ほとんど鬼のようだ。たいてい連れのコウモリ（右上）とともに描かれている。

れて生きていたというだけでは、伝説の地位を固めるには不十分だからだ。だが、のちの帝のおかげで鍾馗の話は続くことになった。

　帝は体力を奪われる不思議な病に冒されていた。帝国の医者、僧、薬草商はみな治療に手を尽くしたが、なにをしても不調が改善されないように見える。ある晩、帝は、小さな赤鬼が宝物庫を襲い、金を何両も手づかみで食べている夢を見た。怒った帝は鬼を叱ったが、鬼は意に介さず、帝の財産をがつがつ食べ続ける。そのとき、突然扉が開いて鬼のような形相の大男が入ってくると、小鬼をつまみ上げて丸ごと飲み込んだ。大男は、進士の地位を拒まれた終南の鍾馗と名乗った。

　帝が目を覚ますと不調が和らいでいた。帝は、鍾馗の遺体を掘り起こして、宮廷の装束を着せ、儀式を執り行って埋葬し直し、悪霊を安らかに眠らせるよう命じた。そして鍾馗に「駆魔大神」の称号を与えた。

　帝はまた名の知れた画家、呉道玄に鍾馗の肖像画を描かせ、魔除けとして使うようおふれを出した。その絵の鍾馗は、威圧するような容貌はそのままに、呪文が書かれた扇と、剣を持った姿で描かれている。鍾馗の傍らにはほぼ必ずコウモリがいる。コウモリは鍾馗が冥界を旅しているときに出会ったもので、その後ずっと彼の道連れ、道案内役を果たしている。

第6章

怪物と鬼

中国の神話には膨大な数の邪悪な生き物と恐ろしい話が取り上げられている。それらはおもに、妖、魔、鬼、怪の4つの漢字で表現される。妖は「道」のバランスが崩れたために生じた霊、魔は心の平穏と因果応報を乱す者すべて、鬼は死者の魂だがただちに輪廻転生の輪に入らなかった者、そして怪は基本的に得体の知れない生き物、つまり怪物だ。さらにもうひとつ、動植物や物体の本質であり魂である精という区分もある。

●──冥界の怪物

冷淡な鉄面の地獄王である閻王以外に、中国の冥界と聞いてすぐに思い浮かぶ存在といえば、動物の頭を持つ人型の2頭の生き物だろう。

❖冥界の番人──牛頭馬面

やや軽蔑的に牛頭と馬面と呼ばれるこのふたり組は

❖左ページ──痩せ衰えた餓鬼が火を吹く仏教画。

❖**右**――地獄の番人のひとり、牛頭。中国では、雄牛はしっかりした働き者の象徴だ。

地獄の番人である。頭が動物である以外は筋骨たくましい人間のような姿で、番兵の装束を身につけ、鎖と三つ叉を持っている。ふたりは番人になる前から世に知られていた。馬面はかつて、馬王寺で崇拝され、銀色の鎧を身につけた悪魔狩りの戦士になったこともある。渤海の長だった牛頭は人々を大事にし、家畜を意のままに操ることで知られていた。死後は牛王寺で崇められ、雄牛の頭を持った金色の姿で描かれている。

両者の名誉ある魂はちょうど同じころに——牛頭の望みに反して——人の姿に生まれ変わった。何世紀にもわたって、馬面が人間界を試してみようとしつこくせがんだためだ。ふたりは人間界で親友となり、ともに都へ旅して試験を受けた。けれども、勤勉な牛頭とは対照的に、馬面は手っ取り早く機転をきかせて合格を手に入れた。牛頭が夜遅くまで書物を読みふけっているあいだ、馬面は役人と食事をして、愛想を振りまき、贈り物を渡したのである。どちらの方法も功を奏して、ふたりはその年の最高点をつけた。それに激怒した牛頭は、部屋に戻って馬面をなぐった。馬面が友人の怒りを落ち着いて受け止めていると、牛頭は疲れ果てて倒れ、死んでしまった。

　牛頭は冥界で苦情を申し立てようと役人を探した。牛頭が馬面の欠点をあげつらうのを丸1日聞いていた閻王は、馬面の魂を捕らえて尋問するよう命じた。ところが、やってきた馬面があまりにも礼儀正しかったため、閻王は逆に、書物から学ぶことにも意味はあるが、世界を観察して言葉を選ぶことにも大きな価値があると、牛頭を諭した。

　閻王がたやすく言いくるめられてしまったことに腹を立てた牛頭は、今度は天宮に押し入って玉帝に直訴した。玉帝は閻王と馬面を呼びつけたが、馬面の説明を聞いて怒りを静めると、こう告げた。牛頭は正直者で知識が豊富であり、馬面は臨機応変で頭の回転が速

❖上——もうひとりの地獄の番人、馬面。馬は富と活力の象徴である。

第6章｜怪物と鬼

❖上──奈河橋で忘却のスープ、迷魂湯を飲ませる孟婆の立体模型。このスープを飲むと、魂は前世の重荷を背負うことなく生まれ変わることができる。

い。ふたりの気質はまさに互いを補うものであるから、ふたりそろって閻王を助けて働くことを命じる。

　天の勅令にはだれもが従わなければならない。それでも閻王はやはりふたりの敵意が問題を起こしそうな気がしてならなかった。そこで閻王は、孟婆に忘却のスープ、迷魂湯を作らせた。それを飲んだ牛頭と馬面はたちまち人としての生涯と、地獄へくる原因となった諍いを忘れ、かつての動物の頭を持った姿に戻った。こうして奇妙な姿で再会したふたりはまた友情を深めた。地獄への橋に人通りがなく、だれも忍び込もうとしたり抜け出そうとしたりしないような珍しく静かなときには、ふたりはともに腰を下ろして酒を飲んだり将棋を指したりしていると言われている。

●──人間界の怪物

特徴的な四凶から、ありふれたゾンビ、人食い巨人、また種々の得体の知れない獣まで、地上にはありとあらゆる怪物や霊がさまよっている。

❖ 四凶

中国の神話には、徳を体現した存在で守護の役目を果たしている四神にくわえて、四凶もいる。次の4体の怪物は巨大な力強い存在で、舜帝の監視のもとで追い払われるまで、人々を怯えさせ、大地を荒廃させていた。それぞれがみな、大罪や不道徳をもたらし、人間界にいるだけで人々を堕落させたと言われている。

❖ 渾沌

世界が誕生する前に存在した混沌の元素と同じ名を持つ渾沌は、それ自体が混沌をもたらす存在である。巨大で毛むくじゃらの犬もしくは熊に似た渾沌は、四つ足だが鉤爪はなく、4つの翼があるが飛べず、四つ目だが見えない（どうやら長くてぼさぼさの毛に覆われているためらしい）。生き物の後ろ半分がふたつ継ぎ合わされたような渾沌は、不安定な動きをする。善人をいじめ、悪人に従うとする説もあれば、無差別に服従したり攻撃したりすると述べる説もある。渾沌が世界にいると、人々が善悪を判断できなくなる。そうなった人、あるいは理不尽で無秩序な行動をする人も「渾沌」と呼ばれる。

> 閻王は、孟婆に忘却のスープ、迷魂湯を作らせた。それを飲んだ牛頭と馬面はたちまち人としての生涯と、地獄へくる原因となった誹いを忘れた。

❖ 檮杌

「無知な切り株」を意味する檮杌はかつて中国西部を脅かしていた。この不吉な存在は虎あるいは巨大な犬に似ているが、人の顔を持ち、猪のように鼻が突き出ていて、絡み合ってもつれた長い毛を生やしている。みずから進んで無知を通す頑固なこの生き物は、龍や怪物、果ては木の切り株まで、目の前に現れたものほぼすべてに戦いを挑む。ある学者は、頼むから自分を食べてくれと懇願して、檮杌の凶暴な怒りから逃れたと言われている。つむじ曲がりの檮杌が学者の願いを拒んだからだ。檮杌はこの世に愚行をもたらすとされ、現在でも、強情な性格や凶暴な態度を指すときにその名が使われる。

❖ 饕餮

「貪欲な大食漢」を意味する饕餮は、すべてを食らい尽くすほどの飢えを抱いて生まれた。そのため、腹を満たそうとして破壊をもたらし続ける。雄牛のような

❖ 右──四凶のひとつ、饕餮が彫られた商（殷）王朝時代の石の仮面。

体に人間のような長い手があり、ヤマアラシの針のような角が背中から生えている饕餮は、世界に欲をもたらしたと言われている。この世のすべてを食べ尽くすことになりかねない凶暴な突進が止まったのは、騙されて自分の手に嚙みついたからだった。その味を気に入って自分の体を食べ続けたために、饕餮は顔しか残っていないという。

❖ 窮奇

　窮奇（きゅうき）は黄帝の子孫だった。魂が、善人と呼ばれる人々への憤りに満ちていたために、とげと角に覆われ、巨大なひと組の翼を持つ恐ろしい虎のような怪物の姿になった。正義を猛烈に嫌っているため、ふたりの人間が争っている声を聞くと、正しいほうの頭を嚙みちぎって体をひものようにずたずたに引き裂く。一方、不正な、あるいは不道徳な人間には獲ったばかりの肉を差し出し、その人の悪事を助長できる場合は特にペットか番犬であるかのように振る舞う。後世の神話によれば、この魂は改心して、今では怪物のような自分の容姿を恥ずかしがっている。そこで、窮奇は自分をもとの姿に戻すために、あらゆる蠱虫（こちゅう）（魔力のある毒虫）を食べ尽くすと決めた。窮奇は北方に住んでおり、世界の欺瞞の原因だと言われている。

> 殭屍は死なないため、道教の僧が慎重に操るか眠らせるかするまで、行動を止めない。

❖ 飛び跳ねるゾンビ──殭屍

　中国のゾンビ［生き返った死体］とも吸血鬼とも言われる殭屍（きょうし）［キョンシーとして広く知られている］はじつはそのどちらでもなく、たんに動き回る死体である。中国の怪

物で最も有名な彼らは夜になると出てきて、生き物を探しては気を吸う。殭屍は死なないため、道教の僧の力で慎重に操るか眠らせるかするまで、行動を止めない。

殭屍の姿はさまざまで、最近死んだばかりであればほぼ人間の形をとどめているが、ミイラ化している場合もあり、髪と爪は伸び放題だ。清王朝（1644–1912）の役人の装束と帽子を身につけた姿で描かれることが多く、ときに肌は青や緑色で、顔に符（黄色い封印のおふだ、左ページ参照）が貼られていることもある。

歩く死体という発想は多くの文化に見られるが、殭屍は、埋葬のために故郷の村へ遺体を運ぶ際の、その特殊な運び方が起源となった可能性がある。

道教の僧は、道ゆく人に遺体が運ばれていることを

❖ **左ページ**──殭屍はしばしば額に符、つまり紙のおふだを貼られた姿で描かれる。符は邪、呪い、鬼を撃退するもので、さまよう殭屍の動きをただちに止めると言われている。

❖ **下**──伝統的な中国の棺桶をかついで通りを歩く、肇興村の葬式の行列。遺体が夜間に運ばれていたかつての風習が、殭屍という動く死体を取り巻く神話になったのかもしれない。

第6章｜怪物と鬼　　　211

知らせるために、鐘を鳴らしながら、夜間に歩いた。その後ろで、ふたりの見習い僧が竹竿を使って遺体を担ぐ。2本の竹竿にまたがるようにのせて死者を運ぶと、両腕が竹竿の片側にぶらりと垂れ下がり、足は地面から十数センチの高さになる。行列が移動するようすを遠くから見れば、竹竿がしなって遺体が「僧の後ろで飛び跳ねている」ように見えただろう。そのような遺体はたんに「硬直した死体」を意味する殭屍と呼ばれていたが、それがのちに動く死体の伝説となって広まった。

伝説では、殭屍になるのは次のような場合だと言われる。

・遺体を復活させる黒魔術が用いられた
・殭屍に襲われたときの傷が原因で死んだ
・守られていない死体を霊が乗っ取った
・霊が完全に体を離れておらず、利己的な欲望が残っている

❖ 殭屍と干屍

　遺体が埋葬されている地面が乾きすぎると、干からびた死体が眠れなくなって夜間に歩き回ると考えられている。干屍もしくは旱魃（ハンバ）と呼ばれるそれらは、形としては殭屍に似ているが、一般には干ばつの悪魔だと考えられている。

　最初の干ばつの悪魔は黄帝の娘、魃（ばつ）で、どこでも自分がいる場所の水を1滴残さず飲み干してしまう力があったと言われている。魃は自分でまったく力を制御できなかったために、地上に足を踏み入れることを禁じられていた。ところがあるとき、黄帝の敵が大洪水を引き起こして人々を攻撃した。黄帝はやむなくこの娘を天から呼び寄せた。魃は言われたとおり洪水を吸収したが、あまりに体が重くなって天宮に戻れなくなってしまった。よって、魃は地上に残り、大地をさまよっている。魃が通ると干ばつと困窮に見舞われると気づいた人々は、彼女を恨んで干ばつの悪魔と呼んだ。

・自殺、殺人、生き埋めなど暴力的な死を遂げたために、魂が体を離れられない

　殭屍の追跡から逃れる方法はいくつかある。たとえば、酢を浴びたり息を止めたりして、こちらの生命エネルギーのにおいが探知されないようにすればよい。いちばんよく使われるふたつは、豆、米、硬貨のいずれかを殭屍の通り道にまいて、彼らがいったん立ち止まってそれらを全部数えたくなるよう仕向ける方法と、符を使う方法だ。呪符とも言われる符は細長く黄色い紙に赤いインクまたは鶏の血で文字が記された封印のおふだである。これをのり状にしたもち米で殭屍の額に貼れば、この怪物の動きを即座に止めることができる。はがれさえしなければ、効果は持続する。

❖下──首なし巨人、刑天の絵。『山海経』より。

❖首なし巨人──刑天

　刑天（けいてん）は、炎帝が家来として天の素材から形作った存在で、その名は「天により罰せられた」という意味である。炎帝が黄帝に敗北したあと、自分の大きさと力強さに自信があった刑天は世界支配をめぐって天帝に挑んだが、たちまちのうちに組み伏せられて首を切り落とされてしまった。天帝はその巨人の頭と体を常羊山の別々の墓に葬るよう命じた。頭は山の片側に埋められたが、もうひとつの墓を掘っているうちに刑天の体が起き上がり、頭を探して山々を歩き回り

始めた。

　この首なし巨人は上半身が裸で、とがった盾と斧を持っている。やがて、顔が胴体に現れ、乳首が目に、へそ部分の横に広い切り傷が口になった。顔がそこに作られたのは、刑天の素材となった天の物質が、生き物にはみな顔があるはずだと認識していたからだとも言われている。また、切り裂かれたかのような口は、刑天が自分の斧で切ったとする説もある。ある詩人によれば、目は、見えない状態で歩き回っていると思われないようにそこに描かれているにすぎない。眠ることも休むことも必要ない刑天は、武器を振り上げたまま、今も山の斜面を巡回している。

❖首なし番人——夏耕屍

　刑天の伝説とは対照的に、夏耕(かこう)は勇敢な気高い戦士で、攻めてきた商(殷)の軍隊に首を落とされるまで帝を守り続けた。頭を失っても動じなかったその体は、槍を拾って持ち場に戻り、その後もずっと侵入者とおぼしき相手全員に襲いかかった。

　月日が経つにつれて、この死体のうわさが広く知れるようになった。茶店のうわさ話としてよく知られる物語では、昔、刑天と夏耕の双方が、見つけた首を自分のものだと主張して戦ったが、よく見ると巨大に育ったかぼちゃだったという。

❖いにしえの人食い巨人——鑿歯

　鑿歯(さくし)は舜帝の時代の大厄災のひとつだった。この長寿の怪物は沼地で暮らし、唇と頬を突き破るほど長い90センチに達する歯で、獲物の骨から肉を削ぎ落と

す。たいていは長い槍と編んで作られた盾を持つ姿で描かれ、玉帝が巨人を造ることをやめさせる前の最後の巨人だった可能性もある。長年にわたって家畜の牛や羊、また人里離れた村の人間さえも腹に詰め込んでいたが、后羿に仕留められた。

❖死をもたらす9つの顔──九嬰（別名相柳）

「9人の赤子」という無害な名前を持つ九嬰（きゅうえい）はとりわけ恐ろしい生き物だ。これは頭が9つある悪魔のような蛇で、それぞれの頭が9つの苦しみ(やけど、衰弱、凍死、溺死、失明、毒、暴力、破壊、虐待)のうちのひとつを与えることができる。

九嬰はかつて、いにしえの水の神、共工に仕える家来だったようだが、共工の敗北後は自分で自分の身を守らなければならなくなった。九嬰が通ったあとには、飢饉、洪水、破壊の爪痕が残る。9つの頭が同時に腹を満たそうとするため大地は毒沼と化した。

現代の九嬰は、それぞれの頭に首があってやや西洋風の龍のようになっているが、古い木版に描かれている姿では、1匹の蛇の首に人面の頭が団子状についてい

❖下──蛇の体に9つの赤子の顔を持つ九嬰は、中国の怪物のなかでも独特だ。

相柳神圖

る。

　天界と冥界のどちらからも望まれなかった九嬰は、人間界を這い回ることに甘んじ、地上を人の住めない場所へと変え、破壊に喜びを感じていた。特に天帝から地上に洪水を起こすよう命じられたときは有頂天だった。けれども最後には、多くの古代の強力な怪物たちと同じように、射手の英雄、后羿に命を奪われた。

❖狂った怪物──窫窳

　窫窳[猰貐とも表記される]はもしかすると、中国神話のなかで最も哀れな怪物かもしれない。かつては親切な半神半人で、燭龍の息子だったが、天界の神、危とその家来に殺されてしまった。燭龍の嘆願に耳を傾けた玉帝はすぐに、窫窳を地上へ転生させた。苦しみと怒りの念を背負っていた窫窳の魂と、まだ形が定まっていなかった体は、海底深くへ沈んだ。

　波にもまれて揺さぶられた体は一瞬虎になったかと思えば、次に雄牛、さらに龍になった。そうして海から上がったときには、それらのすべてを併せ持った恐ろしい姿になり、殺すことしか望まなくなっていた。窫窳は何年ものあいだ大地を恐怖に陥れ、作物を枯らし、人々を殺して遺体を日にさらした。この生き物は后羿が討伐を命じられた6体の凶暴な怪物のひとつである。窫窳は全力で戦ったが、死を歓迎した。そして行動をとがめられることなく、「道」の影響が届かない場所へ行くことを許されたという。

> 窫窳が海から上がったときには、それらのすべてを併せ持った恐ろしい姿になり、殺すことしか望まなくなっていた。

❖ 諸懐

　北岳山に棲む諸懐は、特大の曲がった角が4本ある巨大な雄牛のように見える。目は人間に似ており、耳は豚のように飛び出ているが、いくつかの説によれば、牛のような体はこの生き物の下半身でしかなく、角はじつは腕であるらしい。いずれにしても、諸懐は肉食で、人も殺して食べる。

❖ 陵魚

　人魚あるいは龍魚と呼ばれることもある陵魚は水生生物で、西洋の人魚のように人型の上半身に魚の尾を

❖ 左──河北省灤南県にある現代の像は、中国の人魚である陵魚と西洋のマーメイドを合わせたような姿をしている。

第6章｜怪物と鬼　　　　　　　　　217

持つ姿で描かれていることもあれば、それよりずっと魚に近い姿に人間の顔と手足がついていることもある。これらが海に棲む温和な生き物なのか、それとも溺れている子どものような鳴き声を上げて獲物を水に引きずり込む悪意に満ちた人食い怪物なのかは、伝説によって分かれているようである。

❖狍鴞

　鈎吾山に、大きな雄羊のようだが人面の獣がいた。両目がたいそう離れていて、脇の下に入り込んで見えないくらいである。狍鴞〔中国語でパオシャオ〕の名は「ヘラジカ・フクロウ」を意味する。このふたつの生き物が一度に鳴いたような声を出すためだ。泣き叫ぶ赤子のような声と表現されることもある。あまりに悲しい声なので、人間はその声をまねて、苦しいときや困ったときに大声で泣くようになった。実際、今でもパオシャオは標準中国語で「大きな声を出すこと」、つまり咆哮を意味する。狍鴞はそれほど悪意のある生き物ではないが、ほかの獲物と人間を区別しないため、人も捕まえて殺して食べる。

❖年獣

　年は人里離れた海の底や深い山の洞窟で冬眠する獣である。熊かライオンを思わせる恐ろしい見た目に角、鋭い鉤爪、鋭利な歯が生えそろった口がある。伝説によると、この獣は太陰暦の年始にだけ目を覚まして、人間を食べに村や町へ向かい、たいていは暴れ回る。巨大で凶暴な生き物だが、火や大きな音を怖がることがわかった。そこで、人々はその獣を寄せつけないよ

❖上──赤い提灯、赤い布、爆竹はみな、年獣を驚かせて追い払う方法になった。

うに、通りをたいまつや赤い提灯で明るくし、爆竹を鳴らし、赤い服を着るようになった。そうした対策が今、中国の正月「春節」祝いの伝統として受け継がれている。

❖計蒙

　龍の顔を持つ嵐の神、計蒙(けいもう)は、翡翠やエメラルドが豊富にあると言われ、楽してもうけようとする不精者に荒らされやすい光山に住んでいる。この神はその地域を縦横に走っている地下水や水たまりを泳ぎ、行く先々で嵐を起こす。計蒙は人間が自分のなわばりを荒らすことはもちろん、たんに足を踏み入れることさえ嫌うが、3月と9月だけは若干の訪問者が入っても、よほど欲深い行動を取らない限りは放っておく。

❖ 朝天吼

　11種の生き物の特徴を併せ持つと言われている不思議な生き物、朝天吼は、鹿の角、ラクダの頭、猫の耳、エビのような目、ロバのような口、ライオンのたてがみが、みな蛇のような首に支えられ、鯉のような鱗がある体につながっていて、腹側はアワビの殻のようなもので覆われている。さらに、鷲のような鉤爪のある前足、虎のような後足がついて完成だ。朝天吼は龍馬と呼ばれることもあれば、龍王の放蕩息子と言われることもあるが、この恐ろしい獣は長さが6メートルしかないにもかかわらず、一度に4匹の龍と戦うことができ、龍の脳をおもな食料としている。

❖ 蜚

　東の太山に棲む蜚は牛のような形をした生き物で、頭が白く、目はひとつ、また蛇の尾がある。蜚はまさに歩く災害だ。水の上を進めば水が干上がり、草を踏めば草が枯れ、人間の前に姿を現すと疫病が流行する。

── 鬼

　霊がさまようという考え方は、地獄という更生を目的とした処罰と輪廻転生を信じる中国仏教の思想とは本来相容れない。中国語で亡霊を意味する鬼は、死と来世のあいだにある「最後の抵抗」が具現化したものである。

　転生は人が死んだ瞬間から7回目の7日、つまり49日までのあいだならいつでも起こりうる。しかし、未練がありすぎて転生できないけれども、地獄へ送られるほど邪悪ではない場合、霊は家に戻り、残された家

族にもてなされる。そのため、中国では家族が亡くなってから最初の7日は供物を捧げて、戻ってきた霊に歓迎の意を表し、49日目に霊の転生あるいは昇天を祝う。もし供物がなかったり、現世への欲望、未解決の心配事、生前の悪行のために霊が地上から離れられなかったりすると、霊は悲しみや激しい怒りを抱えたまま鬼となってこの世にとどまる。

　ある種の鬼——餓鬼——には、転生する道を進まな

❖左——鬼を狩る鬼の王、鍾馗は、昔から邪悪な生き物や霊を征服すると言われている。

❖上──葬式用の紙銭を燃やす家族。魂がうまく来世に行けますようにと、紙製のお金、好物、生活に役立つ品々などが捧げられる。

い霊がたどると言われる9つの形がある。それらは以下のような3つに大別でき、さらに細かい種類に枝分かれしている。

❖ **無財鬼**

　無財鬼は財がないために埋葬されなかったり、弔われなかったり、供物が捧げられなかったりした霊だ。餓鬼と聞いて思い描かれる典型的な姿である。

・炬口鬼（こ こう き）は口を見ればそれとわかる。常に口が燃えているため、なにかを食べようとしてもたちどころに灰になってしまう。喧嘩っ早く、すぐに食ってかかるような生き方をした者と関連があることが多い。

・針口鬼は口が縫い閉じられているか、針穴ほどの大

きさに縮んでおり、胃が膨張している。つまり、飢えが満たされることがけっしてない。たいていは、貪欲で不満ばかり述べる人生を送った者、つまり満足することがいっさいなかった者である。

・臭口鬼は自分でもいやになるほど不快で有害な悪臭を放つ。下水道や肥溜めによくおり、飢えを和らげると同時に自分の怪物的なにおいを隠すために、ごみや下水を飲食している。高慢な人生を送った者を待ち受ける運命だと考えられている。

こうした鬼は貧しい人生を送った可能性もあるが、鬼になってしまった本当の原因は、家族が彼らを尊ぶことを拒んだことである。そのため、鬼を祓い清めるよう呼ばれる道教の僧はしばしば、義務を怠っている家族を諭し、死者と和解するよう勧める。

❖ **少財鬼**
少財鬼は文字どおり財が少ない鬼だ。家族はその人が死んだときの義務は果たしたが、生きていたときの罪を償う金を出さなかった。こうした鬼は家ではなく、みずからがよく知る場所に出没する傾向がある。

・針毛鬼には鉄の針のような剛毛があるため、自分にも他人にもいらいらした不愉快な思いをさせる。森や墓地で感じる恐怖——自分のほかにもだれかいるような感覚——はこの鬼と関連がある。

・臭毛鬼は、しばしば顔を覆っている長くてまっすぐ

な髪が特徴的だ。この鬼はだれかと一緒にいたいと思っているが、墓のじめじめした腐ったにおいとともに、不健康と不幸をもたらす。

- 瘦鬼はまさしく堕落の象徴である。幽霊のようなぼんやりした姿は、膿を出す吹き出物に覆われている。罰としてその膿を食べなくてはならない。

❖ 多財鬼

最後の鬼の類は金持ちの多財鬼で、地上に縛られる理由はないが、自分の意志で残っている。

臭毛鬼は、しばしば顔を覆っている長くてまっすぐな髪が特徴的だ。この鬼はだれかと一緒にいたいと思っているが、不健康と不幸をもたらす。

- 希祀鬼は、おもに子孫が供えるいけにえの捧げ物を食べて生きており、自分で自分を神のような存在だと考えている。じつは居候だが、それを悪いこととは考えずに敬い続けている人たちの先祖であることが多い。

- 希棄鬼は、冷めてしまった茶碗1杯のごはんから、家族に愛されていない子どもの気まで、だれも見ていない、だれも守っていないものをみな自分への供物としてもらい受ける。この鬼は利己的で、妄想を抱いており、祓い清めることが難しい。

- 大勢鬼は、現世で力と正当な理由のない攻撃を用いて人々を虐げ、次は鬼の世界の支配を目論んでいる者である。放置しておくと、いつかは悪魔や半神半人の地位に上ろうとするだろう。

家族ができる限りを尽くしたにもかかわらず、現世にとどまろうとするこの最後の鬼集団は、追い払うことが最も難しい。幸い、地獄にも規則に従わない霊を狩る者たち、黒白無常がいる。このふたり組は地獄の王から、厄介な鬼たちをみな冥界へ連れていくよう命じられている。鬼はそこでしかるべく罰を受け、道教の導きに従うよう強制されるだろう。

●── 妖怪と夜叉

　道教の宇宙ではなにもかもが、絶えず形を変えながら常に存在する力、すなわち陰と陽で構成されているが、それらが不均衡な状態になることは避けられない。ゆえに、神話や伝説にはたくさんの妖（怪物や悪魔）が登場する。怪物のような生き物の夜叉はよく知られており、仏教の原型が中国に合わせて変化した姿で、伝説だけでなく現代神話にもよく登場する。

> 妖怪は陰陽の不均衡が原因で出現する霊である。ほとんどの場合、不均衡の原因は人間の行動だ。

❖妖怪

　妖怪は陰陽の不均衡が原因で出現する霊である。ほとんどの場合、不均衡の原因は人間の行動だ。そのため、妖怪はどこにでも潜んでいる。動物や川はもちろん、人間が作った人工物もすべて含まれるのは、製作者の気がいくらか吸収されているためだ。

　妖怪は、精神支配、変幻自在、幻想など、あらゆる力の組み合わせを持ちうる。よく知られている動物の妖怪に妖狐がいる。中国神話に登場するすべての狐の

霊に悪意があるわけではないが、美しく若い女性に化けることのできる女狐妖の話はよく知られている。変化がずさんで、髪がまだ若干赤かったり、尾が見えていたりすることもあるが、女狐が騙そうとしている男たちにさえ気づかれなければ、安全な町や家族のもとから人気のない場所へと彼らをおびき出し、本性をむき出しにして貪り食うことができる。女性を誘い出す男の霊もいるが、狐ではなく狼妖が多い。

　人工物の妖怪には酒瓶に潜む瓶妖がいる。誤って飲んでしまった人は、内側から気を食われ、操られて、思いもよらぬ行動をさせられる。そのため伝統的な酒

❖**右**──しゃがんでいるこの夜叉は人食い鬼のような形相だ。夜叉の起源はインド亜大陸の霊にあるのかもしれないが、その概念はまるごと中国人に受け入れられた。

瓶は、瓶妖が入り込まないよう赤い布で封じられている。

❖夜叉

　夜叉は妖怪とは異なる種類の霊で、はるかに強い。人食い巨人から半神半人まで、なんでも夜叉とみなすことができる。人間の鬼や妖怪が力を吸収して無敵になり、夜叉の地位に到達することもある。夜叉の姿にはヒンドゥー教と仏教のルーツが多分に維持されている。男の夜叉には牙があり、肌は青く、髪は赤く、武器を携えていて、体はきわめて筋肉質だ。女の夜叉は敏捷で、力があり、驚くほど美しい。

　すべての夜叉が邪悪とは限らないが、そろって残忍で強靭だ。平穏な生活を選んだ夜叉は人間には近づかない傾向があるが、最悪の場合、旅人を襲って人肉を食らう。

第7章

伝説

中国神話の一部は民話や伝説の形で残されており、その多くが何百年もかけて変化してきた。社会的不公平の話もあれば、龍や鶴といった神話の生き物を取り巻く話もある。中国神話における宇宙論の特徴のひとつは神々と人間の住む世界が分かれていることだが、それにもかかわらず、禁じられた愛の物語を含め、人と神が地上で出会う伝説がたくさんある。

● ── 四大伝説

四大伝説あるいは四大民話とみなされている物語がある。うちふたつは現代にいたるまで、何世代にもわたって語り継がれている。

❖ 白蛇伝

昔々、精の世界に2匹の蛇の精が住んでいた。1匹は白、もう1匹は青色である。白蛇（バイシエ）は青蛇（チンシエ）より数百歳

❖左ページ ── 中国のバレンタインデーとも言われる太陰暦の7月7日に、若い恋人たちが牛郎と織女の伝説を再現する。

年上で、生涯を通じて徳を重ね、品位を高め、次の転生に向けて善い行いを積んでいた。人間に生まれ変わりたかったからだ。白蛇は若い蛇を迎え入れて妹のように育て、修練を積ませることにした。青蛇はかけがえのない存在である姉を慕ったが、白蛇の愛は人間界に向けられていた。白蛇は、あと数千年は善行を重ねなければ人間に生まれ変われないとわかっていたものの、どうにも待ちきれなくなって、人間界に忍び込んで冒険しようと考えた。青蛇はもちろん姉に言われるままについていった。

　人間界に着いた2匹は心を躍らせた。人間の行動がよくわかるまでは近づかないほうがいいと考えた蛇たちは、大きな村のはずれに荒寺を見つけ、そこに潜んだ。そうすれば、人間に遭遇したり不審に思われたりすることなく、間近で彼らを観察できる。しばらく経つと、2匹は人の言葉を話し、人の食べ物を食べ、人らしく振る舞い、さらに警戒させないよう人に変化(へんげ)できるようになった。そこでいよいよ村人に混じって暮

❖下──白蛇伝説のワンシーンが描かれた19世紀末の手摺りの木版画。

らそうと外へ出た。

　ある日、若い男の姿が、村の生活を楽しんでいた白蛇の目に留まった。好青年に見える。不意に、その男が通りで倒れた。容体が深刻だと見た白蛇は男を家に連れ帰った。青蛇は男を怪しんだが、姉が心を惹かれていることは明らかだった。男は名を許仙といい、旅する貧しい学者だった。白蛇の看病のおかげで許仙が回復するにつれて、ふたりの距離は縮まり、やがて恋に落ちた。許仙に隠しごとをしたくなかった白蛇は姉妹が人間ではないと明かしたが、許仙はなにがどうあっても彼女を愛すると約束した。

　ちょうどそのころ、かねてから村に「妖魔」がいると疑っていた厳格な僧院長の法海が、それらを探すべく修道僧たちを偵察に送り出していた。蛇の精たちが住居にしていた荒寺が見つかるまでにそう時間はかからなかった。

> 許仙は恐怖におののきながら、巨大な白い蛇となった恋人を眺めていた。白蛇は金切り声を上げてくねくね曲がりながら、悲鳴を上げて通りを埋め尽くしている人々をかきわけ、家を破壊した。

　法海はみずから寺へ出向いて、姉妹を攻撃した。ふたりは人に危害を加えるつもりはないと説明しようとしたが、法海は経を唱えて姉妹が修練で身につけた力を引きはがしにかかった。法海は標的にしやすい妹の青蛇を狙い、聖なる菩提樹から採った清めの種をひと握り放つ。けれども、姉が身を投げ出してあいだに入ってその攻撃を受け止めた。効果は絶大だった。白蛇はもがき苦しんで、やがて制御が効かなくなり、蛇の姿に戻ってしまった。白蛇は村中を逃げ回り、法海がそれを追った。

　許仙は恐怖におののきながら、巨大な白い蛇となった恋人を眺めていた。白蛇は金切り声を上げてくねく

ね曲がりながら、自分と川とのあいだにいる人のことなど考えもせずに、悲鳴を上げて通りを埋め尽くしている人々をかきわけ、家や荷車を破壊して、川を目指す。それから川へ飛び込み泳いで逃げようとしたが、苦痛とパニックに耐えられずに気を失った。

　青蛇は姉を見つけると、川から引き上げて、また人の姿になれるくらいまで回復させた。そうしてふたりは家へ帰った。けれども、自分が見たものに仰天した許仙は、苦しみながらもしばし考えた末に、法海の寺を訪れて、罪滅ぼしとして「妖魔」狩りを手伝うと誓う。法海は許仙を迎え入れ、教えを授けながら、誘惑した「白蛇妖魔」に対するこの新人修道僧の怒りを入念に煽り立てた。

　数か月後、師と弟子は湖に近い雷峰塔に蛇の姉妹が

❖下──雷峰塔。白蛇は不幸にも法海によってその下に封印されてしまった。

いることを突き止めた。青蛇が法海の気をそらそうと試みたが、比較的若い精が古参の僧院長と渡り合えるはずもない。長年の禁欲で磨き上げられた法海の力は強く、青蛇は逃げざるをえなくなった。許仙に注ぎ込んだ憎しみの感情を利用した法海は、白蛇を拘束する呪文を唱えると、徐々にきつく締め上げて、蛇の精を永久に塔の下に封印しようとする。修練を積んだ白蛇に力はあったが、許仙に疑われ、裏切られたことに深く傷ついた彼女は抵抗しなかった。白蛇はその拘束をほんのわずかなあいだだけ食い止めて、ふたりの愛の証しである子どもの存在を許仙に告げてから、最後の力を振りしぼって、許仙が見つけられないほど遠くへその子を押しやると、封印に屈した。

❖ 孟姜女伝説

秦王朝(紀元前221–前206)に、孟姜女(もうきょうじょ)という名の美しい女性がいた。孟姜女は自分の意見をしっかり持った賢い女性で、かつて帝から後宮入りを持ちかけられたこともあったが、みずから望んで質素な暮らしをしていた。ある日、前庭を掃いていると、つたの絡まった壁からきれいに磨かれた靴が突き出ている。熊手でつたをつつくと、若い男が隠れていた。男は范喜良(はんきりょう)と名乗った。労働者の組織が、帝が進める万里の長城の建設現場で働かせるために健康な男たちを狩り集めているので、見つからないよう隠れていると言う。連れていかれた男たちの多くは飢えや疲労で命を落としていて、范喜良は同じ運命をたどりたくないと語った。

心優しい孟姜女は范喜良を匿った。組織は3日のあ

> ある日、前庭を掃いていると、つたの絡まった壁からきれいに磨かれた靴が突き出ている。

いだ町にとどまり、石ころひとつでも持ち上げられる者ならばひとり残らずかき集めていった。范喜良は教養と品のある男性で、ふたりはまもなく恋に落ちた。双方の両親の承諾を得たふたりは、多くの招待客に見守られながら、幸せにあふれた結婚式を挙げた。ところが、祝宴が終わりに近づいたころ、帝によって派遣されたとおぼしき兵の一団がやってきて、范喜良を無理やり連れ去ってしまった。孟姜女は動揺したが、夫が万里の長城で死ぬのをおとなしく待っているなど耐えられない。彼女は荷造りをすると、夫のあとを追って万里の長城へ向かった。管理者と直談判して夫を返してもらおうと思ったのである。

孟姜女はまずは万里の長城へ、そこからはその壁に沿って、夫が送られた現場を探して何か月も旅をした。天候も、地形に潜む危険も、すべての困難を無視して歩み続けた。そしてついに夫が送られた現場を見つける。数人の労働者に夫の名前を挙げて居場所を尋ねると、1週間前に亡くなったという。なかば予想していたとはいえ、孟姜女は悲しみに打ちひしがれた。だが、悲嘆にくれてはいたものの、彼女の決意は固かった。せめてきちんと埋葬するために家へ連れて帰りたいと、遺

❖下──万里の長城の建造。建造が始まったのは紀元前7世紀だが、最も有名な部分は明王朝（1368–1644）時代に築かれた。

234

体の場所へ案内してくれるよう監督に頼んだ。すると監督は笑いながら数メートル離れた壁を指差して、石を節約するために軟弱者の遺体はすべて土台に投げ込んでいると言い放った。

　孟姜女の心の糸がぷつりと切れた。こらえきれずに泣き始めた。3日のあいだ、范喜良が埋まっている壁にもたれかかって涙を流した。孟姜女の涙は壁をつたい、大地に流れた。心を動かされた天の神々は彼女を憐れんで、強風と大雨を送った。嵐がもたらした水と、夫を失った妻の涙は土壌に染み込み、まずは粘土に、やがて沼地のような泥になった。3日目が過ぎると、すさまじい音とともに壁が崩壊して、四方八方に1里(中国ではおよそ500メートル)も砕け散った。割れた岩とほこりの残骸のなかから、家に連れ帰って埋葬してくれと言わんばかりに、范喜良の体が浮き上がって顔が現れた。

> 嵐がもたらした水と、夫を失った妻の涙は土壌に染み込み、まずは粘土に、やがて沼地のような泥になった。

❖ 蝶の恋人たち——梁山伯と祝英台

　浙江の祝（しゅく）という村に、裕福な学者一家が暮らしていた。子どもたちのなかで真の才能があったのは、娘の英台（えいだい）だけだった。英台の夢は杭州にあるいずれかの学校で学ぶことだったが、当時は女学生を受け入れるところなどない。娘に何度もせがまれ、学問的な議論にすぐれていることも認めた父親は、せめて入学試験くらいは受けさせてやろうと男装を許した。

　杭州へ向かう途中、祝英台は梁山伯（りょうざんぱく）という若者に出会った。若者もまた同じ学校を目指しているという。旅のひまつぶしに語り合ううちに、ふたりは親友に

❖**右**——シェイクスピアの『ロミオとジュリエット』のような『蝶の恋人たち』(梁山伯と祝英台)は中国の有名なラブストーリーである。北京舞踏学院の上演。

なった。そろって同じ学校に合格し、寄宿舎も一緒だった。祝英台と梁山伯は勉強について語り合ったり、休み時間をともに過ごしたりして、片時も離れることなく仲良く3年の学校生活を送った。

だがやがて、娘が恋しくなった故郷の村の父親が、英台に戻ってくるよう手紙を書いた。英台は父の望みどおり、すぐに帰郷するしかない。梁もまた、友人を故郷まで送ってもうしばらくのあいだ一緒に過ごそうと、荷物をまとめた。

道中、英台は18回も梁に愛していると伝えようとしたが、無邪気な若者はまったく気づかない。そこで、別の方法を取ることにした。自分と見た目も性格もそっくりな妹がいるので結婚してくれないかと梁山伯に持ちかけ、約束の証しとして自分の扇からはずした蝶の形の翡翠飾りを渡したのである。梁はありがたく受け取った。

梁は未来の花嫁に会うことなく学校へ戻った。友の不在はつらかったが、それでも、蝶の飾りを手に勉学に励む。学業を終えたあとも借金返済のために1年間働かなければならず、梁が再び祝を訪れるまでに長い時が経った。

　英台の家を訪問した梁は彼女の嘘を知ったが、たいして驚かなかった。英台ほどすばらしい女性が一家にふたりもいるはずがない。けれども、彼がいないあいだに、英台は領主の息子の許嫁になっていた。英台は結婚を拒んだが、家に閉じ込められた。父親は頑として譲らない。おまえが梁に婚約の贈り物をしていようがいまいが関係ない。領主の息子と結婚しなさい。反発したふたりは英台の部屋のバルコニーで密会し、永遠の愛を誓う。

　自宅に戻った梁山伯はすっかり追い詰められて病気になってしまった。時間が経つにつれて彼は悲しみに飲み込まれ、やがて命を落とした。梁山伯の家族が祝に知らせを送ると、英台は墓参りに行かせてほしいと父親に懇願した。もはや駆け落ちの危険はないと判断した父親はそれを許した。

> 英台は墓の上に倒れ込むと、二度と離れないとでもいうように墓石にしがみついて涙を流した。

　喪服に身を包んだ英台が墓地に着くと、あたかも雲が彼女の涙を世間から隠そうとしているかのように雨が降っていた。英台は墓の上に倒れ込むと、二度と離れないとでもいうように墓石にしがみついて涙を流した。すると、泣き叫ぶ声をかき消すように雷鳴が轟いて、稲妻が生者と死者となった恋人たちの心臓を貫き、墓がぱっくりと割れた。英台が暗闇に身を投げると、大地は彼女と壊れた墓を飲み込み、なにごともなかっ

❖上──人間界で生きていこうと地上の衣服を身にまとった織女。

たかのようにぱたりと閉じた。

翌朝、墓地には英台の姿も山伯の墓もなかった。明るく眩い暁の太陽が咲き誇る花を照らし、ともに舞い踊る2匹の翡翠色の蝶がいるだけだった。

❖牛郎と織女

群れに水を飲ませにゆく途中だった若い牛郎(牛飼い)は、西王母の娘たちである7人の天女が湖で水浴びをしているところに遭遇した。流れる水で隠されてはいたが、あまりの美しさに、牛郎は思わず足を止めて見とれていた。けれども、牛は彼を押して、娘たちの衣と靴が置いてある水際へ進もうとする。そこで牛郎は衣を集めて自分の畑の隅へ運び、あたかも風で飛ばされたかのように周囲にばらまいた。

水遊びを終えた天女たちが泳いで湖岸に戻ると、衣が風で飛ばされている。だれが衣を取りに行くかでひとしきり揉めたあと、結局、末娘の織女が向かわされた。牛郎は娘が走っているところを見ようと思っていただけだったが、あまりの美しさとしとやかさに、おもわず出て行って衣を集めるのを手伝った。衣を着た織女は姉たちの分をひらりと投げると、若者と話をしに戻った。聞くと、彼がいたずらをしたのだという。織女はこの早熟で美男子な若者に興味を引かれ、彼と話すために頻繁に地上を訪れるようになった。

❖上──明の画家、郭詡が描いた、牛郎と織女の伝説に基づく天の川の誕生。

　やがて、織女は地上の牛郎と暮らすことを決め、ふたりは結婚した。織女は地上での生活にも慣れ、夜明けの空のような色鮮やかな布を織れるようになった。牛郎はすばらしい夫だった。ふたりの息子にも恵まれた。だが、西王母が娘を取り戻しにやってくる。かくも卑しい生活のために娘が天を離れたと知って激怒した西王母は、織女の家族を地上に残したまま、娘を引きずって天に連れ帰り、雲を織る仕事を続けさせた。雲は再び鮮やかな色を取り戻したが、織女の塩辛い涙が混ざることが多くなった。地上の牛郎は川辺に座り込む以外になすすべもなく、子どもたちは母を求めて泣いた。

　仲睦まじい夫婦をうれしく思っていた牛は心を痛め、自分を殺して皮をはぎ、その生皮を着て空に上がれば愛する人にもう1度会えると、牛郎に教える。牛郎はためらいながらも牛の言うとおりにすると、子どもたちを両脇に抱えて、妻に会うために空へ上がった。

けれども、新しい星々が天に上り、ひときわ明るい自分の娘に近づいていくのが西王母の目に留まる。西王母は、翡翠のかんざしを引き抜くと、空を裂き、ふたりを阻む星の川を作った。それが現在の天の川である。川をまたいで明るく輝く牽牛星(アルタイル)と織女星(ヴェガ)は離れ離れになった牛郎と織女だ。物語がここで終わったな

❖上──宋王朝の青銅で鋳造された鏡。牛郎と織女の伝説が描かれている。中央には、星の川を渡る恋人たちのあいだに橋を作ろうと、カササギが集まっている。
❖右──牛郎と織女の伝説が描かれた凧。山東省の濰坊世界凧博物館所蔵。

らまさに悲劇でしかないが、幸い、毎年7月7日ごろになるとカササギが群れで移動する。旅の途中、カササギは天まで飛び上がり、天の川に鵲橋(じゃっきょう)と呼ばれる橋をかける。そのため、1年にひと晩だけ、愛し合うふたりは再会できる。

●──その他の伝説

ほかにもよく知られている伝説がたくさんある。それぞれ龍の珠、神々と人間との遭遇、不思議な力を持つものの発見など、よくある物語の代表例である。

❖夸父追日

夸父(こほ)は成都載天山の荒地に住む神だった。この神は乱暴者で、毒蛇を装身具のように身にからませ、力強さが自慢だった。あるとき、日の出を見ていた夸父はふと太陽と競争してみたくなった。自分なら同じ速さで歩けるに違いない。拾った枯れ枝を杖に、夸父は太陽に追いつこうと歩き始めた。

夸父は悠々と歩き始めたが、まるで追いついていないとわかってからは大股に歩き、それから小走りに、やがて駆け出した。甘粛で立ち止まって靴の砂を振り落としたため、今でも「振履堆」がそこにある。台州の覆釜山には、激しく蹴ったときの足跡が岩に残っている。くたくたに疲れた夸父は2度、水を飲もうと立ち止まり、渭河と黄河の両方を飲み干した。河南に着くころには太陽より先に進んでいたため、地面を持ち上げ、そこに寄りかかって休息を取った(現在の夸父山)。ほんの一瞬目を閉じるつもりだったが、すっかり寝込んでしまい、目を覚ますと太陽が地平線に沈み始めて

いる。怒り狂った夸父は再び走り始めた。腹を立てれば立てるほど走るスピードは速くなり、速く走れば走るほど怒りが増す。怒りで心臓が破裂したのか、持っていた杖につまずいたのかは定かではないが、夸父は杖の上にうつ伏せに倒れて死んだ。夸父の体から栄養を吸収した杖は生き返り、芽をふいて、桃の木の森へと成長した。

❖柳毅と龍王の娘

　唐王朝(618-907)時代に柳毅という名の学者がいた。官僚登用試験を受けるために長安へ出向き、優秀な成績で合格した。帰り道はのんびりくつろごうと、中国中央部にある湖の一帯を訪れることにした。すると湖岸で、羊の群れの番をしている若い女性に出会った。長く続く苦悩が影を落としていなければ、さぞかし美しかっただろう。柳毅は手伝えることはないかと声をかけた。女性が言うには、自分は洞庭湖の龍王の娘で、自分が番をしている「羊」は姿を変えた雨の神である。涇河の龍王子と結婚したのだが、ひどい扱いを受け、父親に手紙を書くことも許されない。柳毅はなんとかしてやろうと龍の姫の頼みに耳を傾けた。

　旅を続けた柳毅は洞庭湖に着くと、指示どおりにみかんの巨木を探した。帯を幹に結んで、トントントンと3度たたくと、波のなかから人影が現れた。柳毅が龍王に会いたいと頼むと、目の前で水がふたつに分かれる。従者に言われたとおり目を閉じると、長い道を案内されたようだ。従者に言われて目を開けたときには、この上なく豪華な宮殿にいて、龍の頭を持つ堂々

> 旅を続けた柳毅は洞庭湖に着くと、指示どおりにみかんの巨木を探した。

❖**左**──柳毅と龍王の娘の記念切手セット。最初の出会いからやがて結婚するまで。

　としたの王の御前にいた。柳毅は洞庭湖の龍王に挨拶をすると、龍の姫の手紙を手渡した。

　手紙を読み進めるうちに、龍王の目が涙でうるんだ。王は涇河の龍王子に騙されたと声を上げ、縁組を勧めたことを悔いた。姫の不幸の話はやまびこのように宮殿中に知れ渡り、やがてものすごいうなり声とともに、巨大な赤い龍が、雷鳴を轟かせ、稲妻を散らしながら猛スピードで玄関を通り抜けていった。その恐ろしい怪物が背後のトンネルに消えると、おびえる柳毅に龍王が説明した。あれは弟で銭塘江の龍王だ。すぐかっ

第7章｜伝説　　　　　　　　　　　　　　　　243

となって、洪水や嵐を起こしたことが何度もある。そんな欠点はあるが、姪を大切に思っているのだよ。

　しばらくすると、龍王の娘が戻ってきて、少し後ろから堂々とした叔父が現れた。涇河へ突進していった銭塘が姪を救出して、涇河の王子を食べたという。残念ながら、その際、家々の屋根を焦がして、風で作物を台無しにしてしまったらしい。

　龍王は柳毅に感謝して、龍宮を去る彼に龍の珠や宝石を持たせ、娘と結婚しないかとさえ持ちかけた。柳毅はすでにその美しい龍の姫に好意を抱いていたが、それまでの教訓から、人間と神仙が結ばれると必ず厄介な問題が生じると知っていたため、丁重に断った。

　龍王の贈り物のおかげで、柳毅は不自由なく暮らすことができ、やがて高位の官僚になった。結婚して幸せに暮らしていたが、あるとき妻が死んでしまった。その後、柳毅は強く勧められて、高貴な家の出の最良の女性と引き合わされ、再婚した。ふたりのあいだに生まれた息子は、年を追うごとに、柳毅が若いときに出会った龍王によく似た落ち着きと気迫を見せるようになった。

　思えば、妻も、涇河で出会った最愛の人にどんどん似てくる。やがて、妻は自分があのときの龍の姫であると明かし、柳毅が悲しんでいると聞いて人間の世界にやってきたのだと告白した。朝廷での仕事を辞めた柳毅と龍王の娘は、洞庭湖の下にある龍宮で龍の家族とともに――あの恐ろしい銭塘も一緒に――幸せに暮らした。

❖ 鶴の娘

　村から離れたところで母親と暮らしていたある農夫は、とても貧しかった。家は小さくてすきま風が入り、土地はやせていた。けれども丘の反対側に、水が澄んだ穏やかな美しい池があった。ある晩、農夫が歩いて通り過ぎようとすると、若い女性たちが水浴びをしている。よく見ようとこっそり近づくと、ふたりが水から上がって、襟の赤い真っ白な衣のほうへ歩いていっ

❖下──伝統的な絹本墨画に描かれた中国のマナヅル。首が白く、顔に特徴的な赤い部分がある。赤と白は、鶴の娘が羽織った天の羽衣の色でもある。

第7章｜伝説　　　　　　245

た。衣をはおった娘たちは鶴の姿になって空へ舞い上がる。なかなか水から上がらなかった3人目の娘が衣を取ろうとすると、農夫の手に握られていた。農夫は娘が何者かを知りたがった。その若い女性は自分が天帝の娘だと明かし、天へ戻れるよう羽衣を返してほしいと農夫に頼んだ。

　農夫は娘に自分の上着を投げると、羽衣を丸め、破けてしまったので母親に繕ってもらおうと告げた。翌日、娘が母親に頼むと指が痛くてひと針も縫えないと言う。そこで娘は家事を手伝いながら密かに、農夫が羽衣を隠した場所を探すことにした。だが、来る日も来る日もなにも変わらなかった。鶴の娘は羽衣を返してほしいと頼むが、農夫は言い訳をしたり頼みごとをしたりしてはぐらかし、最後にはいろいろな要求を突きつけてくるようになった。やがて娘は、農夫はけっして自分を天へ帰してはくれないと悟って、頼むのを止めた。くわえて、ふたりのあいだに生まれた息子の張が年を追うごとに彼女に喜びをもたらしてくれてい

❖下──黒竜江は長く、曲がりくねっている。龍(竜)と呼ばれるようになっても不思議はない。

た。

　あるとき、その地方に戦争が起こり、農夫が兵舎に連れていかれた。その年の冬は厳しく、掘立て小屋では吹きすさぶ風を防ぎきれない。娘はありったけの布で息子と老婆をくるみ、凍えながら小さな炉の前に座っていた。すると、娘を哀れに思った老婆が、床下から羽衣を取り出した。天女はそれを手に取ると、ふわりとかぶって、飛んで帰った。

　安全な天宮に戻った鶴の娘は息子が恋しくてたまらなくなった。不憫に思った姉妹たちは、一緒に地上の池に戻ることにする。池のそばで数年成長した息子を見つけた天女は大喜びで子どもを天へ連れ帰った。天帝は半神半人の孫を見て喜び、物覚えがよいその子に、思いつく限りのものごとを教えた。5日後、天帝は孫に8冊の本を持たせて地上に送り返した。天ではたったの5日だったが地上では20年の年月が経ち、農夫と老婆はすでにこの世を去っていた。若者はとても賢く、天での教えと8冊の本のおかげで、全科の官僚試験に合格して高級官僚になった。帝がいつ助言を求めても、張が8冊の本を調べると必ずそこに取るべき道がはっきりと示されていた。

❖禿尾巴老李

　昔々、山東で、ごく普通の一家に黒い龍の神が生まれた。たいそう醜い赤子だったため、母親は乳をやりながら失神してしまった。すると、それに腹を立てた父親が赤子を殴り、はさみで尾の一部を切断した。龍の赤子は痛み

のあまり飛んで逃げ、はるか北東の遠いところに見つけた川のそばに下りた。むごい父親といっさい関わりを持ちたくなかった彼は、母親の姓である李を名乗った。

やがて、李は川となり、地域の守護神となって、親しみを込めて「禿尾巴老李」(尻尾を切られた李じいさん)と呼ばれるようになった。その川は現在、黒竜江と呼ばれ、省の名称にもなっている。毎年、母親の命日になると、李が墓参りをして山東に雨をもたらす。そのため彼はその地域の雨神として崇められている。

❖ 七色海螺

昔、中国南部に、幼くして両親を亡くした若者がいた。王という名の親切な隣人に育てられた若者は、貧しかったけれども正直で知恵があり、地元の執政官に仕える下級役人の仕事を得て、空いている時間は畑仕事に精を出していた。若者が成人すると、王は結婚相手を探してやろうと走り回った。仲人は次々に花嫁候補を見つけてきたが、干支の相性が悪かったり、五行が調和しなかったり、若者があまりに貧乏なのでよい家庭を築けないだろうと思われたりして、縁組が整わなかった。だが若者は気にしなかった。日の出から日の入りまで働き続け、1日が終わるころにはいつも疲れ切ってほかになにもできなかったからだ。

若者の唯一の楽しみは、畑から戻るときに月の出を眺めて休むことだった。満月がきれいな季節のある晩、月を見るために腰を下ろそうとすると、道端に大きな岩が落ちている。岩は月明かりに照らされて輝いているように見えた。近づいて拾おうとすると、なんとバ

ケツほどもある巨大な巻貝だ。若者は、7色に輝き、目を楽しませるその玉虫色の貝を家に持ち帰った。

これほど大きな貝なら内側に大きなおいしい身があるはずだと若者は思った。けれども、ここまで美しいものを傷つけるのはしのびない。そこで大きな陶器のかめに巻貝を入れて、自分のぼろ家で飼うことにした。巻貝は若者によく懐いた。みずみずしい若葉を持ち帰って与えると、貝はしばしば殻から顔を出してかめの縁をうれしそうに這い回った。

ある日、執政官のもとで仕事を終えた若者は、いつものように畑を耕す前に食事と休憩を取ろうと家に戻った。すると、小屋に近づくにつれて、おいしそうなにおいが鼻をくすぐる。扉を開けると、よい香りのする蒸し飯、蒸した野菜と肉団子の料理が並んでいる。若者は驚いたものの、あまりに腹が減っていたため、すぐに腰を下ろして食べ始めた。おいしい料理を食べていると、今度は部屋が片づけられ、掃除されていることに気づいた。

若者は最初、王がやってくれたものと思った。隣人の親切心には驚かされることばかりだったからだ。ところが礼に行くと、王は、自分は1日中町にいた、花嫁候補のひとりではないかと言う。若者は全員に礼を言いに行った

❖下──巻貝を持つ女性が描かれた経典の表紙。巻貝の殻はその複雑さゆえに、常に神秘さを持ち合わせている。

が、頭がおかしいのではないかと追い払われる。そこで、不思議に思いながらも巻貝のところへ行き、自分が食べたおいしい野菜の一部を与えてから畑に向かった。

翌日、またしても料理が置いてある――今度は牛肉と大根だ。その翌日は、鴨と香りのよいきのこだった。部屋はいつもきれいに掃除され、持ち物は整頓されて、畑に行くためにシャツを着替えると穴や切り裂きがきれいに繕ってある。不幸な生まれにもかかわらず、自分の面倒を見てくれる謎の人物と親切な隣人がいるとは、自分はどれほど幸せなことだろうと若者は思った。

1週間が過ぎると、そこまでしてくれる人物にお礼を言いたいだけでなく、好奇心が頭をもたげてきた。

❖下――美しい模様が彫られた1対の儀式用巻貝。踊る骸骨、八卦図、十二支が描かれている。

次の日、若者はいつもどおり朝早く家を出たが、しばらくしてから小屋に引き返し、窓の外に隠れて室内をのぞき込んだ。すると、巻貝からほっそりした手、細い腕、絹のような美しい黒髪の頭が出てくるのが見えたかと思うと、みごとな白い絹に身を包んだ美しく若い娘がそこに立っている。娘が伸びをしてほうきを手に取ろうとしたそのとき、若者は飛び込んでいって一体だれかと問い詰めた。

　娘はため息をついたが、説明するしかない。そこで腰を下ろして、若者にも座るように言った。わたしは名を白水といい、天帝の命でやってきた天女です。あなたの不運な人生を見ていた天帝に、地上へ下りて10年のあいだ面倒を見るよう命じられました。けれども、正体がわかってしまったからには、これ以上地上にとどまることはできません。若者はなんとか残ってほしいと頼みたかったが、すべては自分のせいである。そこで、しばしのあいだ面倒をみてくれたことに感謝の気持ちを伝えると、自分のせいで娘に迷惑がかからないことを祈りながら、彼女の幸せを願った。白水は微笑んで7色の巻貝の殻にひとつかみの米を入れると、それを若者に渡して、絶対に空にしないようにと告げた。天女の白水がいなくなると寂しくなったが、若者は言われたとおりにした。すると毎日、貝殻が米、ときにアワや小麦、まれにまんまるな大豆でいっぱいになっている。彼はそれがなんであっても必ずいくらか残し、それ以降食べ物に困ることはなくなった。

　若者は自分の小屋に天女白水を祀る神棚を作り、定期的に供物を捧げた。以前と比べて学問に励む時間がとれるようになり、手足に力がついた彼は、めきめき

と地位を上げて、妻を娶り、その後の人生を不自由なく幸せに暮らした。

❖ **黒白無常**

謝必安と范無咎は親友だった。謝は背が高く色白でほっそりしており、范は背が低く色黒でがっしりしていたが、正反対の特徴が互いを引きつけたようである。范のくだらないユーモアは謝が深刻に考えすぎるのを止め、謝の上品な嗜みは范が少しだけ背伸びをして世の楽しみを味わう助けになった。ふたりは片時も離れず、たとえ互いに相手をなじる言葉を放ったとしても、

❖右──二爺伯とも呼ばれる范無咎（黒無常）。シンガポールにある道教のティアン・ホッケン寺院（天福宮）。

❖左──八爺とも呼ばれる謝必安（白無常）。シンガポールのティアン・ホッケン寺院（天福宮）。

それを書き留めた墨が乾かぬうちに仲直りしてしまうほどだった。

　ある日、ふたりが町へ散歩に出ると、雨が降ってきた。雨はどんどん激しくなったが、親友たちには土砂降りへの備えがない。もとから体が弱い謝が震え出したので、范は雨があたらないよう辺りの家の軒先に友を置いて、自分は傘を買いに行こうと申し出た。謝が賛成したので、范は市場へ走り、値段にかまわず傘を

購入して友のもとへ戻ろうとした。嵐はますます激しくなって、空には稲妻が走り、風が強さを増す。川も増水していたが、范は約束を守ろうと前へ進み続けた。川辺を走っている友の姿は、謝にも遠目に見えた。嵐のなかの范を案じていた謝は胸をなでおろした。ところが次の瞬間、川の激しい流れが橋を越えて岸辺に押し寄せ、小柄で丸い范の体を持ち上げ、押し流してしまった。

　翌朝、謝は友が溺れたと知って悲しみに打ちひしがれた。范の死は自分のせいだと罪悪感に苛まれた謝は、自分が死ねばよかったのだと思った。生きる望みを失った謝は、友が溺れた川の橋の下で首を吊った。そうすれば少なくともあの世で再会できるだろう。

　冥界で、早くも鬼門関を通るときに再会を果たした范と謝は、肩を並べて冥界の王、閻王に会うことにした。ふたりの友情に心を打たれた閻王は、地上だけでなく、どこの世界でも永遠に一緒にいられる役目を作って与えた。こうして親友たちは、死後に冥界へ渡ろうとしないさまよう魂の狩人となり、閻王によって范は黒無常、謝は白無常と名づけられた。

　ふたりをばらばらに見かけることはけっしてない。范はわずかに白が入っていることもある黒装束、謝はわずかに黒が入っていることもある白装束に身を包み、それぞれが少しだけ相手の要素を取り入れて、あたかもふたりでひとつの存在のようだ。けれども、すべてが生きていたときと同じではない。范の顔はいつも、嵐のなかを強引に走り続けたときの不屈の意志を示す

> 范の顔はいつも、嵐のなかを強引に走り続けたときの不屈の意志を示すようなしかめつらだ。

ようなしかめつらで、たいていは、はぐれた魂を捕まえる手錠を携えている。一方の謝は、首を吊ったしるしとして口から舌が飛び出ており、にやりと笑ったその顔には范の渋面よりも驚かされる。謝は今でも、范が急いで届けようとした傘を手にしている。それはあたかも、現世を離れようとしない魂を戒めるこん棒のようだ。黒白無常は地獄の法廷の執行官あるいは賞金稼ぎのような無慈悲な役目を果たしているのかもしれない。それでも友情の模範だと考えられている。

第8章

地上の宝と鍛冶

宝は、それが仏教や道教で神聖なものとみなされている神秘の力を持つ法宝（ほうぼう）か、民話のなかで発見されるお宝であるかにかかわらず、中国神話で重要な位置を占めている。本章では中国神話における主要なタイプの宝を探って行こう。だれもが欲しがるもの、あるいは運命を左右するものとして中心的な役割を担う宝には、伝統医学の考え、道教における不老不死の追求、そして中国のすばらしい刀剣鍛冶の伝統を含む中国文化の発展が反映されてもいる。

●──仏教の八宝

これらは仏教の絵によくある、縁起がよいとされる8つの宝であり、悟りを開いたあとの釈迦牟尼に神々が捧げたものである。

❖宝幢
宝幢（ほうどう）は円柱状の枠に掛けられた布製の旗で、仏陀が

❖**左ページ**──仏陀への数々の誘惑が描かれた壁画。宝幢では仏陀がそれらを拒んだことが誉めたたえられている。

❖上──屋根を飾る八幅金輪と1対の鹿。チベット自治区ラサ市のジョカン（別名トゥルナン寺、大昭寺）。

敵対する欲界の王、魔羅(マーラ)に勝利を収めたことを祝うものである。釈迦が菩提樹の下に座って悟りを待っていたとき、魔羅は修養をやめさせようと数々の誘惑を試みた。みずから伝令に扮して家族がさらわれたと告げたり、自分の3人の娘──渇愛(トゥリシュナ)、欲望(ラティ)、喜び(ラーガ)──を送りつけて釈迦を口説かせたりした。また暴風雨を起こし、岩や灰を降らせ、暗闇に包み込んで、やがて仏陀になる釈迦を敬いにやってきた神々を脅かして追い払いもした。さらに、それまでの慈善を証明してみせろと、釈迦が菩提樹の下に座ることの正当性に疑いを持たせようとさえした。だが、釈迦は魔羅のありとあらゆる誘惑をすべて拒み、相手にしなかった。

旗には仏陀が魔羅の誘惑に打ち勝った方法が記されている。それは、知識と知恵と思いやりへの専心、誤った物の見方

宝幢は円柱状の枠に掛けられた布製の旗で、仏陀が敵対する欲界の王、魔羅に勝利を収めたことを祝うものである。

の破棄ならびに精神と道徳の誓いの固守、瞑想、そして、八正道から悟りにいたる最後の修練となる三昧(深い集中と完全な没頭)の実行である。

❖ 八輻金輪

　この法輪は、動きと連続性と精神の変化、また仏教徒としての信仰と道徳規範の実行を表すものである。法輪が回り始めたのは、悟りを開いた仏陀がサールナートへ行き、そこにある鹿野苑で最初の説法をして最初の弟子を受け入れたときだという。説法では八正道が説かれた。輪の中心から放射線状に広がる8つの輻はそれぞれが8本の道のひとつを象徴しており、中心部はその道に従おうとする人々が掲げる道徳の規律を表している。

❖ 吉祥結

　永遠の結び目としても知られるこの幾何学的な結び目の起源はさまざまだ。仏陀の『梵網経』(仏教の外典のような経典で、菩薩の教えを説き、主要な教えが10、それ以外のものが48ある)に基づいているとも、仏陀の果てしない慈悲の心と知恵、あるいは輪廻転生が具現化されたものとも言われている。ヒンドゥー教の最高神で守護の神であるヴィシュヌが妻の妃ラクシュミに贈ったものとして、深い愛情の象徴にもなっている。

❖ 妙蓮

　蓮の花は重い泥のなかから育つが、美しく、清純で、汚れがない。仏教神話の世界では、蓮は、厄介ごとや心配ごとに汚染された世界における純潔と悟りの象徴

❖**右**──蓮の花は純潔の象徴だ。どれほど濁った水で育っても清らかな色の花びらをつける。

である。仏教徒は泥沼の世界を通り抜けて涅槃に入ろうとする。多重の輪になった蓮の花びらは仏陀の教えの象徴でもあるが、根気よく学び、考えるほどに理解が深まることを示してもいる。

❖ 宝傘

　チベット傘とも呼ばれる宝傘は、一般に8、16、あるいは32本のカーブした木製の骨が、軸のてっぺんにある金属製の蓮飾りの下でひとつにまとめられている。白と黄色が強めの華やかな絹の生地がドーム状に広がり、8または16の絹の下げ飾りが骨の先端につけられている。丸みを帯びた形は知恵、垂れ下がった裾は思いやりの象徴で、それらが合わさって、大きな苦悩、また不運や不幸といった不吉な力を防ぐ盾となる。仏教の神話では、この宝は、地底王国ナーガローカで宝物を守っている力強い人間と蛇の半神半人の王、ナーガラージャから仏陀に贈られたと言われている。

❖ 右旋海螺

　左巻きの巻貝はめったにない。仏教の神話では、右旋海螺（右巻きの法螺貝）には、空を移動する太陽、月、その他の惑星の動きが反映されている。らっぱのように吹けば、鳴り響くその音が悪霊を追い払い、害をなす生き物を寄せつけず、自然災害を防ぐ。法螺貝の音は低くて太い仏陀の声そのものとされ、多くの聖像では、仏陀の喉が3つの法螺貝のような渦巻きの線で示されている。右旋海螺はまた、さまざまな神話の叙事詩に登場する英雄によっても用いられており、ヒンドゥー教の神ヴィシュヌの象徴でもある。

❖ 双魚

　魚はアジアの多くの文化で多産と豊穣の象徴だが、中国は特にそうで、漢語の「魚」は「余」と同じ発音である。なかでも色とりどりで長命な鯉は、昔からずっと幸運や長寿と同義語だ。たいていは雄と雌の2匹の魚が、口と口、尾と尾を合わせ、硬貨や真珠といった象徴を支える姿で、宗教的な絵によく描かれている。

❖ 宝瓶

　宝瓶はおもに、金製でたくさんの宝石がちりばめられているか、そうでなければ派手に飾り立てられている。これは、生きとし生けるものを育む、世界中の露と蜜を集めるものだ。いくら注ごうとも常に満杯で、仏陀の思いやりが無限であることが示されている。多くの物語では、観音菩薩が宝瓶の中身を注ぐことで、戦争をしていた国々に平和が訪れたり、疫病が蔓延していた地域の苦しみが終わったりする。

● ── その他の宝

　仏教の八宝以外にも、すばらしい物語である中国の神話や伝説で重要な役割を果たしている宝がたくさんある。有名な登場人物とともに出てくるものや筋書きに影響を与えるものはもちろん、芸術や図像の形で表されているものもある。

❖ 不老不死の桃、王母蟠桃

　桃は数千年も前から中国で栽培されており、神話になるような古い巨木がたくさんある。この果物は幸運と長寿の象徴だ。長寿の神、寿星は桃を手にした姿で

❖ 左──中国では、桃は長寿と繁栄の象徴である。神話の蟠桃は西王母の天の果樹園で栽培されている。

第8章｜地上の宝と鍛冶

描かれることが多く、桃は寺で高齢者の健康と長生きを祈るときに供えられることが多い。中国の神話で最も有名な桃は、至高の女神である西王母が育てているものである。現在の平らでドーナツ型をした蟠桃とは異なり、天界の蟠桃は丸く、てっぺんにむかって緩やかにカーブしていて、ひとつひとつが人の頭の大きさほどになるという。

　明王朝(1368–1644)の伝説によれば、西王母は天界にこの桃の果樹園を所有し、そこで3つの区画に分けて植えられた3600本の木を育てている。手前の果樹園の1200本の木は少し実が小さいが、3000年ごとに熟す。それをひとつ食べると、道教の修養を積んだことになり、不老不死に近づく。中ほどにある花が咲いた1200本の実は6000年に1度しか熟さない。これを食べると長寿を得られ、天人になれる(天に住む者がみな不老不死とは限らない)。奥の園にある最後の1200本は、皮が濃い紫色で、種が黄金色の実をつける。9000年

❖下──西王母の伝説の蟠桃会。天のさまざまな階層から招かれた客は蟠桃を含む天の珍味でもてなされた。

経つまで熟さないが、この桃を食べると天と地、太陽や月と同じくらい長生きできる。

西王母の蟠桃会も同じくらい伝説的だ。西王母は神々をすべて招待して、この上なく手間をかけた宴を催す。客には道教の最高神はむろんのこと、天界の役人、地上の英雄たち、仏陀さえもが含まれている。客人たちはみな、翠玉の蜜、紫霊芝（きのこ）といった珍味、そしてもちろん、それぞれの地位に見合う西王母の天の桃でもてなされる。

❖ 瑤草

古い神話によると、伝説の帝のひとり、炎帝の娘だった瑤姫が姑瑤山で死んだとき、その体が分解されて陰陽と融合した。瑤姫が身を横たえていた場所の草は、ネナシカズラ属（寄生植物の一種）によく似た黄色い花をつける不思議な草、瑤草になった。それを口にすればだれでも、他者を魅了して誘惑することができる。この草はまた、地上へ降りることを禁じられるまで、太陽を空へ運んでいたカラスたちのお気に入りの食べ物だった。

瑤草にはもう1種類ある。こちらは太室山に生えていて、白い花が秋になると黒い実に変わり、精神の混乱、狂気、幻覚を治す薬として利用される。起源にまつわる物語は存在せず、同じ草が異なる鉱物を含む土壌で繁茂しただけだとも言われている。

❖ 膨張する土——息壌

息壌は天の不思議な土で、水をまくだけで無限に増えていく。最初に洪水を治めようとした偉人、鯀は天

からこれを盗んだ。地上の土が激しい洪水で流されてばかりいることをもどかしく思っていた鯀は、ある日、3本足の亀と角のあるフクロウから、息壌とそれが保管されている天界の場所を告げられ、天の番人の目を盗んで出入りする方法を聞く。騙されて自分が守っていた宝を盗まれたと気づいた息壌の番人は、火の神、祝融を呼んで鯀を追わせた。鯀は馬で逃げたが、祝融は速く、鯀が奪った土を隠した羽山まで彼を追い詰めた。伝説の帝、舜の許可を得た祝融は、神々からの窃盗の罪で鯀を処刑する。すると、死んだ鯀の遺体が割れ、龍の黄能として生まれ変わった。

黄能は鯀の息子――で、父の代わりに治水に成功する――禹をひと握りの緑色の土のもとへ案内した。禹はそれを使って堤防を強化して、洪水を押し戻し、流されてしまった土地に土を入れ、結果として国を救った。

> 鯀は、ある日、3本足の亀と角のあるフクロウから、息壌とそれが保管されている天界の場所を告げられ、天の番人の目を盗んで出入りする方法を聞く。

❖ 霊芝

中国の伝統医療は均衡の概念と、特定の作用をもたらす植物があれば、たいていはその近くに必ず反対の作用をもたらす植物が存在するという考えの上に成り立っている。めったにない病気や毒の場合には、遠く離れた場所まで解毒薬を探しに行かなければならないこともあるが、それができなければ作用を中和するために逆の効果がある毒物を使う。この考え方はいつの時代の神話にも流れていて、実際、現代にも、愛する人が珍しい毒で苦しんでいるときに、治療薬を求めて人里離れた遠い場所へ危険な旅をする話はよくある。

そうした話のひとつが白蛇伝説にある。人間の学者、許仙が、恐ろしい白蛇に姿を変えた恋人を見て仰天して気を失ってしまったとき、白蛇は彼を回復させる薬草を求めて山へ向かった。霊芝と呼ばれるその薬草は奇跡の回復薬としてよく話に出てくるもののひとつである。

　実際のきのこ、霊芝は中国を含むアジア諸国に自生し、数千年も前から栽培されている。抗炎症ならびに抗酸化作用のある霊芝は肝臓病やがんの寛解を助けることが立証されており、神話になっても少しも不思議はない。神話の物語のなかでは、1000年物の霊芝が強力な万能薬になって、死者を蘇らせたり長寿を授けたりする。

　霊芝は「不老不死の薬草」や「縁起物の薬草」と呼ばれることもある。賢人の彭祖は、霊芝を高麗人参と合わ

❖下——神話と伝説の融合——実際の霊芝（学名：Ganoderma）も神話と同じような薬効で知られている。

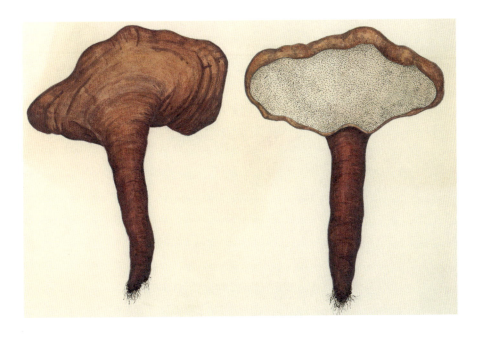

第8章｜地上の宝と鍛冶　　267

❖**右**——道教の仙人、韓湘子に、古くて効き目の強い霊芝が贈られている。

せて茹でて食べ、834年生きた。1000年物の霊芝はまた、月の女神、嫦娥が飲んだ不老不死の霊薬の主要原材料のひとつでもある。よく知られる民間伝承では、治療師の仙人、麻姑が13の泉の水と神秘の力を持つ霊芝で酒を作り、蟠桃会で西王母に献上している。

❖ 瓢箪

　瓢箪は中国で栽培されている最古の植物のひとつで、神話とは切っても切れない関係にある。漢族の神話では、人類の祖先である伏羲と女媧が瓢箪から育ったと言われているほか、十数の少数民族が瓢箪を神秘の植物とみなして、数百の物語のなかで大きな役割をもたせている。プーラン族の神話によれば、世界が創られ

❖左──鉄の杖と瓢箪を持つ八仙のひとり、李鉄拐。瓢箪にはたくさんの珍しい薬が収めてある。

たとき、人類はおらず、巨大な瓢箪だけが山の上に立っていた。瓢箪のなかでは何千もの人間が育てられていたが、白鳥が飛び上がって分厚い皮をつついて人を開けるまで人々はそこから出られなかった。

　洪水で大地が荒らされる地方では、水に浮く瓢箪は必ず神話に登場する。実際、数十の洪水の神話と複数の民族にまたがる中国版の「ノアの方舟」のような話には、ほぼ必ず巨大な瓢箪が出てきて、各地方の祖先となる人物や役立つ家畜が乗り込んで生きながらえる。湖北の古い伝説が多く集められている『黒暗伝』にある話では、神同士の壮大な戦いが起こり、大洪水が引き起こされて、多くの神々が命を落とした。そのとき玄黄という神が、兄妹ふたりに「龍」という氏族の名を与え、瓢箪のなかに隠して安全な場所へ向かわせたという。

　ラフ族の伝説では、昔、未亡人が植えた木が大きくなりすぎて、太陽を覆い隠してしまった。人々がその

❖右──今日の中国では、色づけされた瓢箪は装飾品、幸運のお守り、旅行土産として人気がある。

木を切り倒して燃やしたため、切り株だけが残った。蟻がそれを食べ始めると、大地の割れ目から勢いよく水が流れ出して世界が水浸しになり、人々を皆殺しにした。助かったのは、針と蝋を持って瓢箪のなかに隠れていた兄妹だけだった。ふたりは毎日、針で瓢箪に水位を記しては、蝋で穴を埋め、水が引くまで瓢箪から出なかった。

瓢箪は中国の先史時代から入れ物としても使われており、そうした特徴もまた不滅の伝説になっている。たとえば、治療師の仙人、李鉄拐は、病人や怪我人を治すためのありとあらゆる珍しい薬や魔法の薬を瓢箪に入れて持ち歩いている。かたや、さすらいの道士、陸圧（りくあつ）は瓢箪に長さ18センチの斬仙飛刀を入れており、その刃は目が潰れるほど眩しく輝き、一瞬で敵の首を落とせるほど鋭い。

不思議な力を持つ瓢箪は大きさに制限されることなく、瓢箪そのものよりかなり大きな物体を入れるためにも使われる。明の神話『封神演義』では、崇黒虎（すうこくこ）の赤い瓢箪に鉄のくちばしを持つ鷲が入っていて、戦場で解き放たれる。観音はかつて、猿の王の忠誠を試すために太上老君の紫金瓢箪を借りたことがある。そして、牛の悪魔に化けた従者ふたりを使って猿を瓢箪に閉じ込めた。戦って外に出ようとすれば猿は溶けてしまうが、逃げる機会をうかがって待つのであれば、忍耐の価値を学んだことになる。

最もよく知られている魔法の瓢箪は、費長房（ひちょうぼう）の伝説にある。費は河南に住む役人だった。料理屋で飲んでいると、道の向こうに年老いた薬売りが見えた。露天に瓢箪がぶら下げられている。費が眺めていると、

老人が夜に備えて商品や台を片づけていた。そしてだれも見ていないと思って、やおら瓢箪に飛び込んだ。仰天した費は、翌日から、その老人と親しくなろうと酒や食事に誘った。費を気に入った老人は、秘密を教えようと告げると、費の手を引いて瓢箪へ飛び込んだ。瓢箪の内部は、珍しい草花に囲まれた、この上なく美しい宮殿だった。まるで楽園のようである。費はその場で老人の弟子になることを誓い、道の教えを学ぶことにした。

伝統的な瓢箪の形は、そのものが幸運、長寿、幸福の象徴になっている。高位の神、太上老君が霊薬を精製していた炉は瓢箪形だ。東晋の想像上の地図では、蓬莱、方丈、瀛洲といった神々が住む浮き島の楽園は、みな瓢箪形だった。描きやすく、造形しやすい瓢箪は人気のお守りになっている。

> 費はその場で老人の弟子になることを誓い、道の教えを学ぶことにした。

❖ 宝蓮灯と開山斧

宝蓮灯の神話は清王朝(1644-1912)時代に誕生したが、仏教修道僧、目連にまつわる古い漢王朝(紀元前206-220)時代の物語の影響を受けている。

華山の寺に納められている宝蓮灯を守るために西王母の命で地上に送られた天女の三聖母は、華岳三娘として知られるようになった。ある日、劉彦昌という学者がやってきて官僚登用試験の合格を祈願したが、動かない女神像にひと目惚れをして、自分の思いを詩的な手紙にしたためて貢ぎ物として置いていった。劉が去ってから手紙を読んだ女神は、その言葉に心を奪われた。人間に姿を変えた三娘は走ってあとを追い、正体を明かすと、同じ思いであることを告白する。天の

❖左──宝蓮灯伝説をもとにした歌劇。この物語は現代中国でも新たな観客を魅了し続けている。

決まりに背き、ふたりはすぐに結婚して地上で暮らし始めた。やがて試験を受けるために都へ出向くことになった劉は、しばらく会えない妻に珍しい沈香の香袋を贈った。

　劉の留守中、三娘は天に戻るよう命じられたが、劉の子をみごもっていたために病気だと偽って従わなかった。けれども、兄の二郎神は真の理由を見抜いた。天の決まりを破った妹に激怒した二郎神は、天の猟犬を使って宝蓮灯を盗ませる。宝蓮灯の光には強大な力があり、それを当てればどんな神や悪魔でも服従させることができた。そこで、宝蓮灯を手に入れた二郎神は、それを使って、三娘が永久に暗闇から出られないよう山の内部に閉じ込めた。深い洞窟のなかで男の子を産んだ三娘は、夫がくれた愛の証しにちなんでその子を沈香と名づけ、親切な夜叉に息子を山から連れ出

して夫のもとへ届けてくれるよう頼んだ。

　沈香は成長するにつれて母の運命を知り、助け出したいと強く思うようになった。だが、父親の劉は途方にくれるばかりだ。文人である劉には愛する妻を閉じ込めている山を壊したり、出られないようにしている宝蓮灯の影響力を破ったりすることは不可能だったからである。そこで、沈香は華山で母を探す旅に出たが、どうしても母が囚われている山の中心部を見つけることができない。肩を落として嘆き悲しんでいると、泣き叫ぶ声を聞きつけた稲妻の神、霹靂大仙が少年を哀れに思い、弟子として迎え入れた。沈香は何年もかけて、霹靂大仙のもとで武道、道士の変化（へんげ）の術、軍事戦略を学んだ。立派な若者となった沈香は、師のもとを去るときにすばらしい贈り物を授かった。萱花開山神斧、すなわち開山斧である。

　沈香は母が囚われている山にやってきた。黒雲洞は暗く、曲がりくねっていたが、母の居場所を突き止め、岩越しに語りかけることができた。沈香はまず母を解放してくれるよう伯父に懇願した。だが、二郎神はそれを拒み、沈香に襲いかかる。沈香は激しく抵抗し、ふたりの戦いは地上から天へ、そこから海へと容赦なく続いた。その騒ぎが高位の神々の目に留まる。二郎神の無慈悲な行動を嘆かわしく思った神々は密かに、戦っている若者を助けた。ついに、沈香は母から盗まれた宝蓮灯を奪い返し、開山斧で山を切りつけ始める。やがて山が震えたかと思うと、割れて崩れ落ち、16年前に生き別れになった母が姿を現した。

　沈香は再会を喜んだのち、天へ上って、騒ぎを起こ

|沈香は母が囚われている山にやってきた。

❖右ページ──二郎神（楊戩）の生まれにはさまざまな説があり、中国の大洪水を治めた民の英雄が神格化したとも、玉帝の甥だとも言われている。生まれがなんであれ、二郎神は偉大なる戦神で、額の中央に真実を見抜く第3の目を持っている。

第8章 | 地上の宝と鍛冶

したことを詫びた。神々は彼を天人と定め、三聖母に祝福を与えて、一家が地上にとどまれるようにした。そして宝蓮灯はその後、一家と地域の人々を危害から守り続けた。宝蓮灯の神話はあまり知られていない明王朝(1368–1644)の話の影響も受けている。こちらの物語では、半神半人の二郎神が、人間と結婚した罪で兄の玉帝によって囚われの身となった母、瑤姫を助ける。ここでも母親は山(桃山)の内部に閉じ込められており、息子の楊戩(ようせん)(二郎神の昔の名前)は山を割るために開山斧を探さなければならない。これらのふたつの物語で沈香と二郎神が振るった斧は、伝説の治水者、禹が最初に使った斧がもとになっている。大地が洪水にのまれないようにする方法を探していた禹は、この斧で山を切り裂いたという。

❖ 五色筆

　五色筆の神話は宋王朝(960–1279)までさかのぼる民話だが、『神筆馬良』(マーリャンと魔法の筆)といった中国の文学や映画の作品で幾度となく語り直されているほか、西洋の作家に取り上げられることもある。

　あるところに廉広という学者がいた。ある日、山で薬草を集めていた廉広は仙人に出会った。ふたりは意気投合し、学者は仙人に食事を分けてやった。仙人はお礼に筆を渡し、それを使えば望んだものがなんでも手に入れられると告げた。ただし、自分のためだけに使い、けっしてその秘密を漏らしてはいけない。廉広は筆を受け取り、家に戻って試してみた。すると驚いたことに、その筆で絵を描くと、描いたものすべてが自然の色に染まり、描き終えたとたんに現実のものに

なる。廉広はコオロギ、蝶、焼いた肉、酒瓶を描き、最後には山積みの金両銀両を描いた。

けれども、突如として裕福になったことが人々の目を引き、廉広は妖術を使った罪で捕らえられてしまった。牢屋で眠っていると、夢のなかに仙人が現れて、大きな鳥を描けと言う。目を覚ました廉広は牢屋の壁に5色の巨大な鳥を描いた。すると以前と同じように、描き終えたとたんに鳥が現実となって、格子のあいだから飛び立った。自分の奇妙な力をわざわざまた人に見せつける行為にどのような意味があるのだろうと不思議に思っていると、牢屋の扉が砕ける音が聞こえる。巨鳥が牢の反対側に回り込んで、錠をつついて壊したのだ。鳥のおかげで牢屋を抜け出した廉広は、それに乗って仙人がいる山へと運ばれた。

五色筆がおぬしに幸福をもたらすことを願ったのだが、災いをもたらしてしまったな。老人はそう言うと、廉広から筆を取り戻し、鳥に乗って飛び去った。学者はその後、二度と仙人の姿を見ることはなく、事件のことを知る人がいない新たな地へ移ったが、何かを望むときには必ず節度をわきまえるようになり、死ぬまで絵は描かなかった。

❖ 不老不死の霊薬──仙丹

不老不死の霊薬は、古代中国のほとんどの薬と同じように、どんぐりくらいの大きさの小さな球形をしている。仙丹は特に黄金色で、赤みを帯びた光沢があり、丹炉（霊薬を作る炉）の火を使って精製された。この霊薬は命を延ばすことに夢中になっていた道教の一部の宗派における煉丹術の賜物だった。しかしながら、実際

に考古学者が仙丹のなかに発見したものを見る限り、現実世界の効果はむしろ命を縮めると述べたほうが適切かもしれない。

　1960–1990年代に浙江と江蘇の大きな墓で発掘された丸薬の化学物質が分析された結果、硫化水銀、硫黄、炭酸カルシウム、石英、黄土、紫水晶、そのほか鍾乳石にある鉱物や成分が発見されている。古代の中国人は硫化水銀がエネルギーを増加させ、心を落ち着かせ、交霊の力を授けると信じていた。最初に夢中になった仙丹の擁護者は始皇帝で、数々の帝がそれに続いた。晋王朝(266–420)までには、五石散として知られていた霊薬を飲むことが王族や貴族のあいだで流行していた。

❖下──不老不死の霊薬を調合しようとする道教錬金術師の家からもくもくと煙が湧き上がり、穏やかな景色が台無しになっている。

その時代が政治的に不安定で、人智を超えた物語が盛んだった原因は、それだったのかもしれない。

　民間伝承では、霊薬は高位の神、太白金星が作ったもので、蟠桃会で西王母に贈られた。太白は山の頂上でそれを作らせたという。4人の従者が昼夜、丹炉につきっきりで、焦がしたり火が消えてしまったりしないように番をする。49日後、飲んだ人が天人になれる銀丹ができあがる。81日経つまでずっと材料を炉に入れておくと、本物の不老不死が得られる金丹になる。

　霊薬誕生の神話にはもうひとつ、英哥にまつわる話がある。昔、洛陽に夫婦が住んでいた。ふたりは山で集めた薬草を市場で売って暮らしていた。貧しかったが苦労もなく、男の子を授かったときにはこれ以上の幸せはないと思われた。夫婦はその子に英哥と名をつけた。

> 昔、洛陽に夫婦が住んでいた。ふたりは山で集めた薬草を市場で売って暮らしていた。

　ところが、英哥が9歳のとき不幸が訪れた。山からの落石で父が死に、母が重い病に倒れたのである。英哥はかつて両親が山に生えている珍しいきのこの話をするのを聞いたことがあった。それはどんな病でも治すという。よし、そのきのこを探してこよう。

　英哥は何日も歩き回って必死できのこを探したが、やがて飢えと疲労で倒れてしまった。すると長いあごひげを生やした老人が目の前に現れた。たいそう賢そうに見えたので、英哥はその老人に、薬となるきのこが見つかる場所を知らないかと尋ねた。「霊芝ではお母さんは治らんよ」と老人は語り、英哥に太い鉄の棒を渡した。そして、それをたたいて薄い板にすること

ができれば、母親は回復するはずだと告げた。英哥は家に帰ると、すぐに仕事にとりかかった。

　昼も夜も、少年は棒をたたき続けた。両手は血まみれになった。傷が癒えてもかさぶたがはがれてまた傷になった。棒はだんだん薄くなっていったが、あまりに時間がかかるので、本当に効果があるのか疑問に思うこともあった。それでもやがて棒が負けて、薄い銀板になった。英哥は自分の目が信じられなかった。銀板が勝手に手元から離れ、見えないはさみで切られているかのように裂けたのである。見ると、小さな金色の鍵が宙に浮いている。すると、背後からひげの長いあの老人が姿を現して、よくやったとほめた。

　老人は英哥に、天へ行って、西王母の炉がある部屋を探すよう告げた。そこではあらゆる霊薬が作られている。「ひと粒あれば、お母さんは昔のお母さんに戻るだろう」。老人は瓢箪から小さな赤い丸薬を取り出して少年に与えた。英哥は礼を述べてそれを飲み込む。とたんに体が軽くなり、浮き上がって、ほどなく天に近づいた。いざ炉の部屋を見つけると、鍵がかかっていたが、小さな金色の鍵を使うと、音もなく開いた。英哥の目の前に広がっていたのは、仙丹で満たされた瓶が棚という棚を埋め尽くしている光景だった。「地上ではたくさんの人が病気にかかっている」と少年は考えた。「たくさん持って帰ればみんな治るはずだ。母さんみたいに！」。そこで英哥は上着を脱いで、できるだけたくさんの瓶を入れて縛った。ところが、部屋を出ようとしたときに、ちょうど入ってきた天人たちに見つかってしまった。

> 西王母と従者たちに追われて全力で走った英哥は、天の端から地上へ飛び降りようとした。

西王母と従者たちに追われて全力で走った英哥は、天の端から地上へ飛び降りようとしたが、足首をつかまれて包みを落とした拍子に、霊薬が全部こぼれて地上に落ちてしまった。激怒した西王母が処刑を命じようとしたそのとき、長寿の神、寿星が仲裁に入った。年老いた姿と長いあごひげで、英哥にはすぐにそれがあの老人だとわかった。寿星は西王母に、自分は玉帝に命じられてこの人間が女神の霊薬を得るにふさわしいかどうかを試したと説明した。そして、泥棒のように持てるだけ持っていこうとしたことは確かだが、少年がそうしようとした理由は純粋だと告げた。

　寿星は英哥に語った。おまえが落とした丸薬は、今ごろはもう地上に根を張って、花咲く草になっているはずだ。ものをたたき潰すことは上手にできるようになったのだから、その花を使ってお母さんの薬を作りなさい。英哥が地上の家に戻ると、見たこともない鮮やかな花が咲いていた。少年は言われたとおりに、それで薬を作り、母親とほかのたくさんの人々が健康を取り戻すのを助けた。人間たちは初めて見るその美し

❖下──牡丹(あるいは芍薬)が描かれた扇。伝説によれば、地上でこの花が咲いたのは、永遠の命をもたらす霊薬が誤って大地に振りまかれたためである。

い赤い花を、西王母の仙丹を意味する「母丹」と同音の「牡丹」と呼んだ。現在は芍薬とも呼ばれている。

●──宝剣

❖軒轅夏禹剣

　これは、伝説の帝、黄帝(軒轅)のために、神々が首山の青銅を鍛えて作った金色の剣で、蚩尤との戦いで使われた悪魔殺しの剣である。柄(つか)は頭、刃は首山のような形をしており、刃の片面に太陽と月、もう一方の面に山、川、森が彫られているほか、柄の片側に農業技術や家畜の飼育方法、もう一方の側に四海をひとつにする技術が刻んである。そうした銘があるために、壮大な戦いが終わってからもこの剣の価値は揺るがなかった。黄帝が天に上ったのち、剣は夏族の禹の手に委ねられた。

❖漆黒の剣──湛慮剣

　春秋時代(紀元前770–前476)と戦国時代(紀元前475–前221)の神話によれば、越の王が中国きっての刀匠、欧(おう)冶(や)子(し)に地上で最高の剣を作るよう命じた。欧冶子は家族とともに福建の湛慮山に移り住んだ。通常は硬貨の金型や役所の判に使われるその山の鉄ならば、山奥にある泉の春先の冷たい水で鍛えて、すぐれた剣を作ることができると思われたためである。3年かけて鍛え上げられたその湛慮剣は、最後に冷却するときに感極まった欧冶子が流した涙のせいで、真っ黒になった。すばらしい支配者のために世界最高の剣を作ることは彼の夢だったのだ。湛慮剣に切れないものなどないが、慈悲深く気高い性質を持っているため、高潔な人物し

か振るうことができない。

❖太阿剣

　完璧な時と場所で完璧な人によって作られた、楚の国を守護するこの宝剣には、天と地の性質が共存していると言われている。

　なんとしてもその剣を自分のものにしたい晋の王は、楚の王に剣の譲渡を求めた。楚が拒むと、晋は軍隊を進めて、むりやり宝を譲らせようとした。楚は3年ものあいだ包囲されたが、王は屈しなかった。晋はとうとう、剣を手放さなければ最終攻撃をかけて楚の都を滅ぼすと最後通告を出した。だが、楚の王はみずから軍を率い、最後まで国を守る決意だった。王は兵に命じた。もしわたしが負けたら、遺体から剣を取って、湖まで全力で馬を走らせ、深い水のなかに投げよ。けっして悪人の手に渡してはならない。攻撃開始の日、楚の王は太阿剣を引き抜きながら剣に語りかけた。わたしの血をおまえに注ごう。不意に、剣から一陣の風のようにエネルギーが噴出して、敵陣へと流れていき、迫りくる兵たちを砂嵐で包み込んだかと思うと、空が暗くなって敵軍全体が消滅した。

> ### ❖宝剣
>
> 　中国史のいたるところで、数え切れないほど多くの名剣が、権力と地位の象徴として作られ、振るわれてきた。また、ほかにも多くの神話の剣や魔法の剣の伝説が、ファンタジーや民話を飾っている。そうした剣の歴史は、使用した人物の話だけでなく、それを鍛えた名工、力を与えた神々、剣のために流された血の物語によってさまざまに彩られている。

❖下——戦国時代、直刀はきわめて鋭利だったが、すぐに壊れたため、熟練戦士か貴族しか持てなかった。

❖七星龍淵剣

　漢王朝(紀元前206–220)の神話に登場する七星龍淵剣は、古代のふたりの名匠、欧冶子とその義理の息子の干将(かんしょう)が作ったと言われている。ふたりが原材料を求めて茨山を割ったため、剣を鍛える炉のそばに地下水が流れ出て7つの池ができた。完成した剣は、泉の水のようなエメラルドグリーンに輝き、磨き上げられた刃の光沢が飛翔する龍の横向きの姿のようだったことから、七星龍淵剣の名で呼ばれるようになった。

❖純鈞剣

　越の国の伝説の武器、純鈞剣は、蓮のごとく清らかで、柄は星のごとく明るく輝き、刃は透明な水のごとく滑らかに磨き上げられている。赤菫山を割って取り出された錫が、若耶江の水を抜いて川底から採取された銅を強化するために使われた。雷公の槌で打たれ、天帝の火で熱せられ、雨の神々によって冷やされたこの剣は、10年もの年月をかけて作られた、神々の力と名匠欧冶子の技術の賜物である。

❖影を持つ剣——承影剣

　商(殷)王朝(紀元前1550–前1045)時代に作られた、この上なく優美な承影剣は、暗い色の金属で作られた薄く鋭い刃を持ち、刃先が目に見えなかったため、影を持つ剣として知られるようになった。その名のとおり、承影剣の刃はほとんど見えない。この剣を振るう人の流れるような動きを見ていると、美しく仕上げられた柄の動きは目で追えるが、まるで刃がないように見える。けれども、剣がすべった先にある巨木や像はすっ

ぱりと切られている。

❖ 干将剣と莫邪剣

　ひと振りは青い光沢を持つ黒、もうひと振りは緑色の光沢を持つ白色をしているこの1対の剣もまた、欧冶子とその弟子の作品で、呉の国の王の依頼で作られたものである。作成には中国各地から最高品質の鉄、金、その他の珍しい金属が集められた。欧冶子は、自分の娘、莫邪（ばくや）の夫で弟子の干将とともに作品に取りかかった。ところが、6種類の金属を合わせて、ひねり、熱しても、どうしても混ざらない。3か月ものあいだ炉に入れたが、溶けることもなかった。

　干将と莫邪は不安になった。王に剣を届けなければ自分たちは殺される。だが、莫邪にはどうすればよいかがわかっていた。干将が夜中に目を覚ますと、妻が炉の端に立っていた。干将が止めるまもなく、またきっと出会うからと約束して、莫邪は火のなかに身を投げる。すると金属が溶けた。ふたりの刀工は仕事に取りかかった。

　できあがった1対の見事な剣は傷ひとつなかったが、性質がまったく異なっていた。干将が仕上げた剣は、涙の塩分が混ざって黒くなり、彼の怒りを吸い込んでいた。欧冶子が鍛えた剣は、この世を去った娘を思い出し、娘のために祈りながらゆっくり仕上げたために結晶のような白い色をしていた。そのふた振りの剣を並べて見た欧冶子は、迷わずそれらに干将と莫邪の名を与えた。

　若くして妻を失った干将は黒い刃を王に送ったが、莫邪剣は手放さずに隠しておいた。王は剣を喜んだが、

> 干将と莫邪は不安になった。王に剣を届けなければ自分たちは殺される。

❖上──のちに大量生産された一般兵向けの剣は、芯に耐久性の高い鋼鉄、刃に鋭利な鋼鉄が用いられるようになった。この技術は伝説の刀工、欧冶子によるものだと考えられている。

第8章｜地上の宝と鍛冶

鍛冶場に密偵を張り込ませていたため、それが1対の片割れでしかないことを知っていた。王は干将に兵を差し向けた。兵は干将を殺して、彼が抱えていた箱を取り上げた。兵がひもをほどくと、ふたが勢いよく開いて、うろこの先端が緑色をした白い龍が飛び出してきた。兵が手ぶらで戻ってきたので、王は文句を言おうと、みずからその貴重な剣を取りに向かったが、気づくと干将剣までもが消えていた。

600年後、欧冶子が暮らしていた貧城という町の名は、正式に豊城に変更された。親切な白い龍が、作物が実るよう適切な時期に雨を降らせてくれるおかげで、何世紀にもわたって栄えていたためである。町は洪水、疫病、干ばつ、戦争に見舞われることが一度もなかった。人々はときおり湖のそばにいる白龍を目にした。その守護者の姿にいつもみな慰められたが、龍が悲しそうに水を眺めているのを見て哀れに思わずにはいられなかった。

豊城の執政官が城壁の再建を始めると、石に埋もれ

❖下──この剣には文字が刻んである。「越王勾踐、自作用剣」(越の王、勾踐が自分で作って使用した)。2000年の年月を超えてもなお、切れ味が鋭く、汚れのない状態で彼の墓に残っていた。

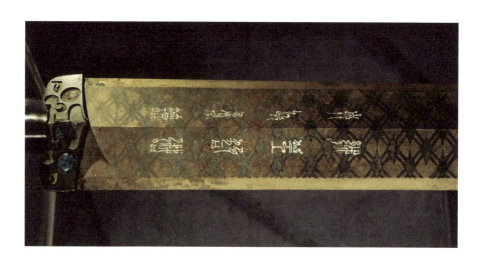

ていた干将剣が見つかった。剣を気に入った執政官はすぐさま腰に携えて、日々の仕事中も身につけていた。ある日、湖のそばを歩いていると、剣が突然ものすごい勢いで鞘から飛び出して、長く青い背びれとひげを持つ黒い龍へと姿を変えた。驚いた執政官の目に、黒龍に合流しようと湖から飛び上がる白と緑色の2頭目の龍が映った。龍たちはうなずいて彼に感謝の意を伝えると、恋人同士のように絡み合いながら、ともに空へ舞い上がった。

図版クレジット

Alamy: 6 (PjrTravel), 12 (CPA Media), 14 (Eddie Gerald), 15 (Artokoloro), 18 (Granger Historical Picture Archive), 33 (Heritage Images), 34 (CPA Media), 38 (Imaginechina), 33 (John Astor), 41 (Ivy Close Images), 44 & 50 (CPA Media), 56 (Charles Walker Collection), 59 (Michael Grant Travel), 47 (CMA/BOT), 51 (Sergio Azenha), 54 (Japan Art Collection), 59 (Keren Su/China Span), 62 (Chronicle), 63 (Dorling Kindersley), 86 (Heritage Image Partnership), 104 (Artokoloro), 107 (Imaginechina), 114 (Interfoto), 118 (CPA Media), 120 (Ching Tak FU), 121 (Wirestock), 129 (Heritage Image Partnership), 138 (e Print Collector), 158 (Science History Images), 160(Xinhua), 161 (Imaginechina), 162 (CPA Media), 171 (BTEU/RKMLGE), 185 (e Print Collector), 186 (Album), 189 (Laoma), 193 (Kevin Archive), 200 (Album), 211 (Betty Johnson), 175 (CPA Media), 176 (Imaginechina), 178 (Album), 180 (Zoonar), 187 (TAO Images), 194 (Ilona Kryzhanivska), 195 (ALLTRAVEL), 253 (Louise Batalla Duran), 255 (robertharding), 275 (CPA Media), 278 (Artokoloro), 286 (Imaginechina)

Cleveland Museum of Art: 141, 147, 168/169, 208, 240t

Dreamstime: 32 (Wuwei1970), 36 (Klodien), 68/69 (Richie0703), 75 (KirillPolyako), 88 (Suwatsir), 90 (NGSpacetime), 110 (Maocheng), 125 (Tsangming Chang), 126 (Keitma), 135 (Pavlovicaleksandar), 136 (Wing88), 155 (Hxdbzxy), 173 (13902474131), 183 (Tuayai), 204 & 205 (Untero zier), 219 (Wxh6763), 246 (Jasonyu)

Getty Images: 19 & 28 (Heritage Images), 47 (Pictures from History), 51 (De Agostini), 64 (Domingo Leiva), 65, 128 & 184 (Pictures from History), 202 (USC Paci c Asia Museum), 221 (Pictures from History), 222 (Bob Sacha), 234 (Dorling Kindersley RF), 236 (Los Angeles Times), 267 (De Agostini), 268 (Sepia Times), 269 (Pictures from History), 273 (South China Morning Post)

Library of Congress: 175

Licensed under the Creative Commons Attribution 2.0 Generic License: 102 (Photo Dharma)

Licensed under the Creative Commons Attribution-share Alike 3.0 License: 91 (Shallowell)

Licensed under the Creative Commons Attribution-Share Alike 4.0 International: 210 both (Toadboat)

Licensed under the GNU Free Documentation License: 78 (Bernard Gagnon)

The Los Angeles County Museum of Art: 264

Metropolitan Museum of Art, New York: 8, 24, 31, 58, 60, 72, 73, 79, 82, 85, 95, 97, 98, 116, 123, 130, 144, 150, 166, 196, 199, 245, 249, 260, 281, 284, 285

The Minneapolis Institute of Art: 114

Public Domain: 17, 48, 101, 107, 153, 165, 213, 216, 243, 263

Shanghai Museum: 65, 107, 114, 146, 184, 185

Shutterstock: 9 (Bill Perry), 92 (gary718), 134 (LCRP), 170 (beibaoke), 176 (So aworld), 178 (Young Swee Ming), 180 (Sarunyu L), 194(Chatham172), 206 (Sing Studio), 217 (chinahbzyg), 258 (Stefano Politi Markovina), 270 (D.Kvasnetskyy)

Yale University Art Gallery: 146

参考文献

- *Classic of Mountains and Seas* (shanhai jing), anon, Yuelu Publishing House, 2007.
- *Great Words From Huainan* (huainan zi), compiled by An Liu, Yunnan Publishing Group, 2017.
- *Investiture of the Gods* (fengshen yanyi), Zhonglin Xu, Yuelu Publishing House, 2010

- *Chinese Gods: An Introduction to Chinese Folk Religion*, Jonathan Chamberlain, Blacksmith Books, 2009.
- *The Origin of Chinese Deities*, Manchao Cheng, Foreign Language Press Beijing, 1995.

索引

あ

哀牢夷(あいろうい) 064
アヴァローキテーシュヴァラ 127
悪魔狩り 204
悪霊 024, 088, 090, 091, 096, 199, 201, 261
閼伯(あっぱく) 020, 165
猰貐(あつゆ) 066, 216
窫窳(あつゆ) 066, 172, 174, 216
阿弥陀如来 128, 129
阿羅漢 129
蟻 271
アワビ 220
安徽省 148
晏龍(あんりゅう) 117

い

渭河(いが) 241
いけにえ 021
韋固 133
囲碁 166, 167
医術 148, 159
一角獣 085
井戸 062, 067, 148, 169, 193, 197, 198
イボイノシシ 111
隠遁 122, 152
陰陽 013, 015, 021, 030, 052, 053, 070, 084, 097, 143, 225, 265

う

禹 076, 077, 084, 166, 168, 171, 172, 266, 276, 282
ヴィシュヌ 259, 261
動く死体 212
うさぎ 064, 097, 111, 277
羽山 266
うじ地獄 029
雨師妾 022

宇宙 010, 013, 015, 021, 024, 036, 039, -041, 057, 083, 124, 189, 225, 229
宇宙論 010, 013, 229
尉遲恭(うつちきょう) 157
鬱塁(うつりつ) 156
馬 059, 085, 092, 106, 111, 151, 152, 166, 188, 203-207, 220, 266, 276, 283
占い 053, 083

え

英哥 279, 280, 281
瀛洲(えいしゅう) 035, 272
英雄 007, 008, 010, 014, 018, 023, 042, 054, 060, 084, 121, 137, 159, 160, 172, 196, 198, 216, 261, 265, 274
易経 053, 084
エジプト神話 078
噎(えつ) 019
『淮南子』 010, 025, 159
エネルギー 014, 021, 067, 124, 213, 278, 283
エビ 220
エメラルド 219
猿王 074, 122, 183, 184, 187, 188, 189, 190
閻王 027, 029, 030, 187, 188, 203, 205-207, 254
縁起 063, 064, 087, 097, 098, 105, 154, 156, 257, 267
冤禽 104, 110
炎帝 023, 089, 104, 106, 161, 163, 193, 213, 265
閻羅(えんら) 028, 029, 036

お

扇 021, 116, 146, 191, 201, 236, 281
横公魚 111
黄金時代 165, 167
王母蟠桃 262
欧冶子 282, 284, 285, 286
応龍 067, 106

狼 085, 161
鬼 009, 029, 036, 037, 062, 156, 157, 179, 198, 199, 200, 201, 203, 209, 211, 220, 221, 222, 223, 224, 225, 226, 227, 254
鬼殺し 156, 157, 198, 199, 200
オリオン座 020, 060
怨霊 157

か

眥眦(がいさい) 074, 076
開山斧 272, 274, 276
怪物退治 175
海螺 248, 261
夏王朝 071
餓鬼 203, 221, 222
鉤爪 040, 059, 061, 064, 089, 100, 104, 207, 218, 220
岳飛 022, 080
娥皇(がこう) 167, 168, 171
夏耕屍 214
カササギ 240, 241
華山 035, 109, 272, 274
火事 077
何仙姑(かせんこ) 147, 148
夏族 282
家畜 025, 053, 164, 204, 215, 270, 282
河南 081, 160, 241, 271
河伯 084
河北省 217
神々の没落(ナブナロク) 010
亀 026, 033, 035, 043, 047, 058, 060, 062, 063, 064, 076, 082, 083, 084, 096, 111, 266
カラス 017, 018, 104, 174, 265
皮剝地獄 029
関羽 196, 197, 198
漢王朝 010, 040, 050, 061, 073, 083, 087, 092, 097, 103, 122, 163, 272, 284

諫議大夫 143
監獄 060, 077
干屍(かんし) 108, 212
甘粛 241
干将 284, 285, 286, 287
干将剣 285, 286, 287
韓湘子(かんしょうし) 150, 151, 152, 268
観世音 127, 128, 132
矙跜(かんそ) 111
漢族 016, 020, 022, 029, 094, 100, 108, 115, 269
簡狄(かんてき) 164
観音 124, 127–130, 132, 262, 271
干ばつ 010, 070, 107–110, 127, 212, 286
韓愈 151, 152
官吏登用試験 146
官僚 010, 024, 029, 074, 146, 147, 242, 244, 247, 272
豢龍(かんりょう) 071

き

夔(き) 100, 106
魏王朝 098
羲和(ぎか) 016, 017, 018, 174
飢饉 215
義均(ぎきん) 117
鬼魂(きこん) 029
希祀鬼 224
儀式 021, 071, 083, 087, 103, 154, 199, 201, 250
気象 015, 099
徽宗 127
吉祥結 259
吉兆の獣 086
狐 035, 096–099, 108, 112, 225, 226
基本元素 020, 024
鬼門関 037, 254
九嬰 172, 174, 215, 216
窮奇 209

吸血鬼 209
宮殿 016, 045, 059, 060, 068, 073, 093, 094, 124, 129, 131, 157, 179, 187, 242, 243, 272
九尾狐 096, 097, 098, 099
牛魔王 191
牛郎 229, 238–240
鶋鶋(きよ) 078
姜嫄(きょうげん) 164
共工 023, 046, 163, 215
殭屍(きょうし) 209, 211–213
姜子牙(きょうしが) 089
堯帝 144, 164–168, 171, 172, 174, 177
彊良(きょうりょう) 089
玉皇大帝 025, 121
玉座 081, 106, 165
巨人 027, 045, 103, 166, 198, 207, 213–215, 227
巨鳥 021, 277
魚籃観音 132
キョンシー 209
麒麟 063, 085, 086, 087
金箍棒 187
銀丹 279
觔斗雲 184, 185

く

鯨 075
九鳳(くほう) 078
鍬形蕙斎(くわがたけいさい) 073
軍隊 080, 085, 104, 214, 283

け

涇河 242, 243, 244
刑天 213, 214
慶都 164
計蒙 219
月下老人 133, 134
剣 046, 063, 074, 076, 089, 105, 131, 143, 146, 179, 182, 201, 257, 282–287
軒轅(けんえん) 164, 282
幻覚 265
牽牛星 240
乾坤圏 180
元始天尊 042, 044, 119
玄奘 185, 187, 190
賢人 122, 165, 267
現世 023, 030, 036, 037, 221, 224, 225, 255
玄宗 145
乾闥婆(けんだつば) 024
玄天上帝 063
玄武 043, 058, 062–064, 084
建木 025
玄冥 021

こ

敖欽(ごうきん) 073
后羿(こうげい) 018, 165, 166, 171–177, 215, 216
敖光(ごうこう) 073
恒山 035, 103
衡山 035
孔子 086, 087, 122
広州 008
敖閏(ごうじゅん) 073
敖順(ごうじゅん) 073
后稷(こうしょく) 117, 164
洪水 010, 026, 046, 047, 049, 051, 067, 068, 070, 076, 084, 105, 106, 109, 127, 161, 166, 171, 172, 212, 215, 216, 244, 265, 266, 270, 274, 276, 286
黄帝 016, 023, 034–036, 067, 089, 100, 103–108, 156, 159–164, 166, 193, 209, 212, 213, 282
后土皇帝祇 022
黄能 266
鉱物 042, 080, 148, 265, 278
広目天 182
甲羅 033, 062, 063, 077, 082–084

高麗人参 119, 120, 267
蛟龍 067
コオロギ 277
五岳 035, 137
五行 021, 025, 035, 084, 159
黒白無常 030, 225, 252, 255
黒魔術 212
黒無常 030, 252, 254
穀物 025, 026, 032, 117, 164, 193
黒龍 047, 287
黒竜江 246, 248
虎蛟(ここう) 065
炬口鬼(ここうき) 222
五胡十六国時 087
五色筆 276, 277
牛頭 203–207
五瑞獣 057, 063, 088
牛頭馬面 203
五石散 278
狐仙 096
『五千言』 122
五代十国時代 071
忽(こつ) 039
五土 022
湖南 147, 148
護符 154
夸父 241
護法神(ダルマパーラ) 182
湖北省 039
夸父山(こほざん) 241
狐狸精 096
鯀 023, 084, 166, 171, 265, 266
鯤(こん) 104, 105
混沌 027, 039, 041, 042, 086, 099, 154, 207
鯤鵬(こんほう) 104, 105
崑崙 025, 032, 033, 040, 051, 089, 116

さ

沙壱 064
魚 015, 053, 065, 077, 104, 111, 132, 217, 218, 262
鑿歯 166, 214
作物 018, 021, 049, 052, 142, 168, 193, 216, 244, 286
沙悟浄 185
三昧(サマーデイ) 259
猿 074, 100, 109, 122, 181, 183–190, 271
猿の王 122, 181, 271
狻猊 076, 093
三皇 039, 042, 052
山膏(さんこう) 112
三国時代 009, 129, 157
三途の川 037
三清(さんせい) 119
三聖母 276
斬仙飛刀 271

し

寺院 036, 053, 062, 070, 076, 093, 119, 120, 137, 151, 180, 198, 252, 253
尸解 145
四海龍王 071, 073
色界 023
四御 022, 118, 119
四凶 163
紫禁城 064, 092
屎糞地獄 029
始皇帝 278
地獄 007, 027, 028, 029, 031, 187, 188, 203–207, 220, 225, 255
持国天 182, 183
紫金瓢箪 271
獅子 007, 076, 091–094, 157
四神 043, 057, 058, 061, 063, 084, 182, 207

索引　293

自然界 013, 015, 020, 024, 073
自然元素 021, 159
四川省 009
七星龍淵剣 284
瑟(しつ) 053
実沈(じっちん) 020, 165
十方 121
四天王 178, 179, 182, 183
慈悲 087, 127, 131, 149, 164, 165, 255, 259, 274, 282
蚩吻(鴟吻、鴟尾) 077, 078
シャーマニズム 027, 083
釈迦 182, 257, 258
釈迦牟尼 257
笏 154
芍薬 281, 282
鵲橋 241
謝必安 252, 253
車輪 021
蚩尤(しゆう) 015, 035, 067, 100, 105, 106, 107, 108, 161, 282
周王朝 024, 053, 122
収穫 083, 193
囚牛 074
宗教儀式 083
重慶 036, 090
臭口鬼 223
十二支 021, 024, 250
臭毛鬼 223, 224
朱厭(しゅえん) 109
儒教 029, 057, 097, 115
儵(しゅく) 039
祝英台 235, 236, 237, 238
祝融(しゅくゆう) 022, 023, 266
寿星 020, 095, 096, 154, 262, 281
堉(しゅん) 053, 164
純鈞剣(じゅんきんけん) 284

春秋時代 087, 097, 282
舜帝 071, 167, 168, 170, 207, 214, 266
簫 049, 083, 150, 152
承影剣 284
商(殷)王朝 024, 080, 083, 097, 099, 208, 284
ショウガ 193, 194, 195
嫦娥(じょうが) 019, 172, 174–177, 268
鍾馗(しょうき) 157, 198–201, 221
常儀(じょうぎ) 018
椒江 136
乗黄 112
少財鬼 223
簫史(しょうし) 083
昇天 221
葉法善(しょうほうぜん) 145
鍾離権(しょうりけん) 140, 143, 146, 147, 153
女英 167, 169, 172
女媧 027, 042, 045–052, 067, 099, 183, 269
諸懐 217
諸葛孔明 009
ジョカン 258
燭陰(しょくいん) 066
織女星 240
燭龍 066, 067, 216
死霊 024
四霊 057, 063, 087
二郎神 273, 274, 276
晋王朝 071, 098, 272, 278, 283
秦王朝 071, 097, 233
清王朝 085, 086, 100, 211, 272
シンガポール 252, 253
秦瓊(しんけい) 157
秦広(しんこう) 036
沈香 273, 274, 276
針口鬼 222
進士 146, 199, 201
神獣 082, 103, 140

294

鍼術 195
仁宗 152
神荼(しんと) 156
神農 042, 052, 191, 193–195
『神農本草経』 195
『神筆馬良』 276
真武大帝 063
針毛鬼 223

隋王朝 071, 198
水月観音 132
瑞獣 057, 063, 088
燧人氏(すいじんし) 022, 054
水路 070, 071, 147
嵩山(すうざん) 035
朱雀 043, 058, 061, 062
ステュクス川 037

精衛 104, 110
西王母 025, 032, 035, 079, 115–117, 122, 148, 174, 238–240, 263–265, 268, 272, 279–282
青丘 096, 099
星座 019, 020, 057–060, 062
青蛇 229–233
斉天大聖 188, 189
青銅 064, 075, 105, 107, 161, 240, 282
青龍 043, 058–060, 196
精霊 073
世界創造 013, 023, 041, 042, 045
世界の終わりの決戦(ハルマゲドン) 010
赤松子(せきしょうし) 022
契(せつ) 164
石磯 179
石窟 081, 093
浙江省 148

冉遺魚(ぜんいぎょ) 111
『山海経』 010, 025, 065, 103, 104, 213
仙鶴 094, 096
旋亀 111
顓頊(せんぎょく) 016, 019, 023, 046, 162, 163
戦国時代 010, 049, 103, 282, 284
戦士 009, 156, 157, 161, 165, 196–198, 204, 214, 284
千手千眼観世音 132
仙術 184
戦争 024, 083, 099, 107, 136, 167, 197, 247, 262, 286
仙丹 277
閃電娘娘 100
仙人 095, 115, 116, 137–140, 143–145, 147, 150, 153, 166, 180, 184, 268, 271, 276, 277

楚 122, 130, 283
荘王 130, 131
宋王朝 071, 093, 119, 127, 149, 240, 276
曹国舅(そうこっきゅう) 149, 152, 153
創造の神 039, 040
増長天 182, 183
息壌 023, 265, 266
蘇の国 099
孫権 198
孫悟空 122, 181, 184, 185, 187–191
ゾンビ 207, 209

太阿剣 283
太一(たいいつ) 020
太乙真人 180
太陰暦 019, 218, 229
大願地蔵菩薩 028
泰山 035

索引　295

大樹 156
太上老君 117, 119, 122, 271, 272
大勢鬼 224
大雪山 080
太宗 157
載天山 241
太白金星 119, 120, 121, 279
大伯公廟 102
大鵬 182
道(タオ) 013, 024, 025, 039, 040, 118, 124, 147
滝 067, 183, 185
涿鹿(たくろく) 106
多財鬼 224
多産 262
多聞天 178, 182
丹朱 166, 167
丹水 032, 079
タンチョウ 094, 096
断腸草 195
湛慮剣 282
丹炉 277, 279

地下水 067, 219, 284
治水 076, 084, 168, 171, 266, 276
チター 117
チベット自治区 258
地母神 022
査(ちゃ) 194
『茶経』 194
治癒 110
紂王(ちゅうおう) 097, 099
中国仏教 129, 220
中壇元帥 178
中庸 097
重(ちょう) 163
張果老 137, 143–145

趙公明 089, 090
長寿 007, 020, 084, 094–097, 105, 117, 154, 163, 214, 262–264, 267, 272, 281
趙州 136
趙州橋 136
長春 008
朝天吼 220
張道陵 096, 122
『蝶の恋人たち』 236
嘲風(ちょうふう) 075
張魯(ちょうろ) 083
猪八戒 185
地龍 067, 068
治療師 140, 147, 268, 271
治療薬 148, 266
チワン族 016, 022, 148
陝西 197
陳塘関 179

土の神 170
ツバメ 148
鶴 032, 094–096, 109, 150, 151, 154, 156, 229, 245, 246, 247
鶴の娘 245–247

て

ティアン・ホッケン寺院 252, 253
庭園 151, 166
帝嚳(ていこく) 020, 163, 164, 165
帝俊 016, 018, 078, 117, 118, 172–174, 176
帝龍 067
鉄扇公主 191
天界 023, 024, 025, 029, 054, 060, 089, 090, 096, 103, 115, 117, 119, 122, 124, 129, 154, 162, 165, 172, 174, 188, 216, 264–266
天気 070, 083, 133, 140

296

天狗　108
天后　124–127
天師道　096
天人　264
天地創造　039, 042, 063
天柱　023, 046, 163
伝統医療　021, 195, 257, 266
天の輪　024, 203, 261
天福宮　252, 253
電母　100
天龍八部衆　024
天禄　089

と

唐王朝　023, 071, 073, 081, 100, 119, 128, 133, 147, 242
潼関　197
道教　007, 013, 022, 025, 027, 037, 039, 042, 044, 057, 059–061, 063, 083, 084, 103, 115–119, 122, 124, 137, 139, 143, 149, 153, 154, 159, 184, 209, 211, 223, 225, 252, 257, 264, 265, 268, 277, 278
洞窟　061, 067, 183, 185, 218, 273
刀剣鍛冶　257
刀工　285
当康　111
檮杌　163, 208
檮杌（とうこつ）163, 208
道士　022, 142, 145, 146, 271, 274
東晋　272
刀山地獄　029
闘戦勝仏　191
洞庭湖　071, 173, 242–244
洞庭湖龍王　071
饕餮（とうてつ）208, 209
『道徳経』　013, 122
道徳天尊　119
桃符　156

董父　071
登葆山　025
トーテム　021
禿尾巴老李　247, 248
毒物　266
土地爺　022
斗母　020
富岡鉄斎　033
虎　033, 058, 060, 061, 064, 065, 077, 080, 088–090, 093, 116, 142, 143, 156, 161, 208, 209, 216, 220, 271
ドラゴン　064, 065, 069
トン族　016

な

ナーガラージャ　070, 073, 261
ナーガローカ　261
奈何橋　037
ナシ族　016
哪吒（なた）　074, 178, 179, 180, 181, 182, 188
南北朝時代　098

に

日月山　019
人魚　217

ね

猫　103, 105, 108, 220
涅槃　036, 261

の

ノアの方舟　270
農耕文明　021

は

覇下（はか）　076, 077
白蛇伝　229, 230, 267

白蛇妖魔 232
白澤 103, 104, 105
爆竹 219
白鳥 270
白無常 030, 225, 252–255
莫邪 285
莫邪剣 285
白龍 286
羽衣 245, 246, 247
梯子 025, 163, 169
蓮の花 259, 260, 261
巴蛇(はだ) 112
魃 107, 108, 212
八卦盤 014
莫高窟(ばっこうくつ) 128
八正道 259
八仙 083, 137, 138, 140, 143, 147, 149, 269
ハニ族 023
馬面 203, 204, 205, 206, 207
ハヤブサ 161
范喜良 233, 234, 235
番禺(ばんぐう) 117
盤古 015, 027, 040–045, 183
半神半人 165, 216, 224, 227, 247, 261, 276
蟠桃 117, 122, 148, 174, 177, 262–265, 268, 279
蟠桃会 122, 264, 265, 268, 279
蛮蛮 109
范無咎(はんむきゅう) 252
万里の長城 233, 234

ひ

肥遺(ひい) 109, 110
ヒキガエル 097
貔貅(ひきゅう) 088–091
毘沙門天 182
翡翠 032, 065, 080, 091, 096, 111, 115, 121, 124, 153, 154, 219, 236, 238, 240

費長房 271, 272
弼馬温 188
畢方 109
火の神 019, 022, 023, 170, 266
火の力 022, 161
白衣観音 132
白虎 058, 060, 061
ヒョウ 021, 116, 161
瓢箪 115, 122, 140, 269–272, 280
比翼鳥 109
彌綸(びりん) 027
飛廉(ひれん) 021, 166
ヒンドゥー教 178, 181, 182, 227, 259, 261
瓶妖 226, 227

プイ族 022, 043, 045
風姨(ふうい) 021
風神 021, 106
ブータン 059
風伯 021, 106
プーラン族 269
大宛(フェルガナ) 092
武王 089
負屓(ふき) 077
福星 154
フクロウ 218, 266
福禄寿 153, 154
巫師 021, 022, 025, 070, 082, 094, 116
不死鳥 021, 058, 078
不周山 023, 027, 046, 047, 049
夫諸(ふしょ) 109
武則天 080, 081, 082, 149
普陀山 131, 132
伏羲 014, 039, 042, 050–054, 269
仏教 007, 023, 024, 027, 029, 057, 070, 072, 073, 092, 093, 115, 128, 129, 137, 178, 182, 199, 203,

220, 225, 227, 257, 259, 261, 262, 272
福建省 110, 124, 148
仏陀 086, 093, 122, 131, 181, 182, 188–190, 257–262, 265
仏塔 181, 182
布洛陀（ふらくだ）022
不老不死 033, 034, 044, 061, 084, 096, 117, 121, 122, 124, 131, 138, 139, 143, 144, 148, 149, 152, 172–177, 195, 257, 262, 264, 267, 268, 277, 278, 279
フンコロガシ 026
文昌 022, 154

狴犴（へいかん）077
屏蓬（へいほう）112
辟邪（へきじゃ）089
北京 064, 066, 076, 092, 236
蛇 026, 042, 045, 065, 070, 109, 112, 166, 229–233, 261
蛇の尾 021, 052, 065, 111, 220

鵬 104
鳳凰 015, 032, 061, 063, 078–083, 096, 117, 164
法海 231–233
宝剣 282, 283
方壺（ほうこ）035
宝傘 261
方丈 035, 272
豊城 286
『封神演義』271
彭祖（ほうそ）163, 267
宝幢（ほうどう）257, 258
豊都鬼城 036
蓬莱 033, 035, 063, 272
豊漁 132

亡霊 037, 163, 220
宝蓮灯 272–274, 276
ボーディサットヴァ（菩薩）128
穆王（ぼくおう）116
穆公（ぼくこう）083
墨子 136
北斗七星 020
菩薩 028, 093, 128, 132, 259, 262
蒲松齢 009
菩提樹 231, 258
牡丹 151, 281, 282
墓地 093, 223, 237, 238
渤海 079, 204
莆田（ほでん）126, 127
蒲牢（ほろう）075
『梵網経』259

マーメイド 217
魔羅（マーラ）258
巻貝 249–251, 261
麻姑 268
マレーシア 102

み

ミャオ族 107, 108
妙善 129, 130, 131, 132
明王朝 007, 008, 019, 025, 073, 089, 099, 100, 234, 264, 276
民間伝承 007, 021, 036, 057, 065, 072, 084, 088, 090, 091, 103, 111, 115, 119, 268, 279

む

無財鬼 222
紫霊芝 265

索引

299

め

冥界　007, 023–030, 036, 037, 082, 121, 154, 187, 201, 203, 205, 216, 225, 254
迷魂湯（めいこんとう）030, 206, 207
瞑想　131, 259
女神　019, 020, 025–027, 045, 062, 099, 115, 116, 124–127, 163, 172, 175, 176, 179, 264, 268, 272, 281

も

孟姜女　233, 234, 235
孟婆　030, 206, 207
目連　272
門神　156, 157
門の王　027

や

薬草　025, 030, 140, 147, 148, 170, 194, 195, 201, 267, 276, 279
夜叉　073, 143, 150, 225, 226, 227, 273

よ

瑶池（よういけ）116
妖怪　190, 191, 225, 226, 227
瑤姫　265, 276
妖狐　098, 225
妖術　277
楊戩（ようせん）274, 276
楊柳観音（ようりゅうかんのん）132
横笛　117
四大伝説　229

ら

ライオン　092, 093, 218, 220
雷公　099, 100, 102, 284
雷獣　099

雷震子　103
雷峰塔　232
羅漢　072, 129
楽園　032, 035, 063, 272
ラクシュミ　259
ラクダ　064, 220
洛陽　279
ラサ市　258
ラフ族　270
藍采和（らんさいか）083, 149, 150

り

陸圧　271
陸羽　194
陸吾（りくご）033, 089
六朝時代　093
李玄　139
李靖　179, 181, 182
李鉄拐（りてっかい）138, 139, 144, 269, 271
龍　026, 042
劉安　010
龍王　022, 044, 053, 070–074, 077, 093, 150, 179, 180, 187, 188, 220, 242–244
柳毅　242, 243, 244
龍生九子　074
劉備　196, 198
龍門石窟　081
劉累　071
陵魚　217
『聊斎志異』009
梁山伯　235, 236, 237
呂洞賓　142, 146, 148, 153, 156
輪廻　027, 036, 203, 220, 259
輪廻転生　036, 203, 220, 259
林黙　124–127

る

嫘祖（るいそ） 163
盧舎那仏 081

れ

黎（れい） 023, 163
霊山 025, 035, 137
霊芝 266
霊石 021
霊薬 061, 122, 124, 139, 143, 174–177, 268, 272, 277–281
レイリン 022
煉丹術 143, 277
霊宝天尊 119

ろ

魯 086
老子 013, 058, 096, 121, 122, 124, 139
禄星 154
六道 030, 121
鹿野苑 259
六界 023, 030
ロバ 137, 144, 220
魯班 135, 136, 137
獰獰（ろろ） 089

わ

鷲 064, 161, 220, 271
ワンデュチョリン宮殿 059

[著者]
シュエティン・C・ニー
Xueting C. Ni

中国、広州生まれ。11歳のときに家族と英国に移住し、ロンドン大学を卒業。北京の中央民族大学で中国文化について研究。著書に『From Kuanyin to Chairman Mao: An Essential Guide to ChineseDeities（観音から毛沢東まで――中国の神々についての入門書）』がある。彼女がキュレーションし翻訳した中国のSF作品集『Sinopticon』（シノプティコン）』は2022年のBFS（英国ファンタジー協会）賞で最優秀アンソロジーを受賞。現在はロンドン郊外に在住。

[訳者]
大槻敦子
Atsuko Otsuki

慶應義塾大学卒業。訳書にスティーヴンソン『中世ヨーロッパ「勇者」の日常生活』、ウッド『捏造と欺瞞の世界史』、クィンジオ『鉄道の食事の歴史物語』、スウィーテク『骨が語る人類史』などがある。

る

嫘祖(るいそ) 163
盧舎那仏 081

れ

黎(れい) 023, 163
霊山 025, 035, 137
霊芝 266
霊石 021
霊薬 061, 122, 124, 139, 143, 174–177, 268, 272, 277–281
レイリン 022
煉丹術 143, 277
霊宝天尊 119

ろ

魯 086
老子 013, 058, 096, 121, 122, 124, 139
禄星 154
六道 030, 121
鹿野苑 259
六界 023, 030
ロバ 137, 144, 220
魯班 135, 136, 137
玀玀(ろろ) 089

わ

鷲 064, 161, 220, 271
ワンデュチョリン宮殿 059

［著者］
シュエティン・C・ニー
Xueting C. Ni

中国、広州生まれ。11歳のときに家族と英国に移住し、ロンドン大学を卒業。北京の中央民族大学で中国文化について研究。著書に『From Kuanyin to Chairman Mao: An Essential Guide to ChineseDeities（観音から毛沢東まで──中国の神々についての入門書）』がある。彼女がキュレーションし翻訳した中国のSF作品集『Sinopticon』（シノプティコン）』は2022年のBFS（英国ファンタジー協会）賞で最優秀アンソロジーを受賞。現在はロンドン郊外に在住。

［訳者］
大槻敦子
Atsuko Otsuki

慶應義塾大学卒業。訳書にスティーヴンソン『中世ヨーロッパ「勇者」の日常生活』、ウッド『捏造と欺瞞の世界史』、クィンジオ『鉄道の食事の歴史物語』、スウィーテク『骨が語る人類史』などがある。

CHINESE MYTHS
by Xueting C. Ni
Copyright © 2022 Amber Books Ltd, London
Copyright in the Japanese translation © 2025 Hara Shobo
This translation of Chinese Myths first published in 2025 is
published by arrangement with Amber Books Ltd, through
Tuttle-Mori Agency, Inc., Tokyo

[ヴィジュアル版]
中国神話物語百科

2025年3月21日　初版第1刷発行

◆著者……………シュエティン・C・ニー
◆訳者……………大槻敦子
◆発行者…………成瀬雅人
◆発行所…………株式会社原書房
〒160-0022
東京都新宿区新宿1-25-13
[電話・代表]03(3354)0685
http://www.harashobo.co.jp
振替・00150-6-151594

◆ブックデザイン……………小沼宏之[Gibbon]
◆印刷……………シナノ印刷株式会社
◆製本……………東京美術紙工協業組合

©office Suzuki, 2025
ISBN978-4-562-07496-9
Printed in Japan